オレの恩返し

～ハイスペック村づくり～

Denka Haaana
ハーーナ殿下
Ryo Ueda
植田亮 Illustration

2

前巻までのあらすじ

アウトドアが唯一の趣味の青年ヤマトは、登山中に突然異世界に転移してしまう。
大型獣に襲われている少女を助けようとしたら、異様に自分の身体が軽く、動きが速くなっていることに気づくヤマト。
「身体能力が飛躍的に向上している」のを感じつつ、少女を村に送り届けると、
ウルド村と呼ばれる辺境の村には大人がおらず、老人と子どもたちだけが貧窮にあえぎながら暮らしていた。
極度の飢餓状態にもかかわらず、「恩人」であるヤマトに一宿一飯の施しをする村人に
恩義を感じたヤマトは現代知識とサバイバル技術、向上した身体能力を駆使し、村を救おうと奮闘する。
武器《クロスボウ》の改良に、田畑の開墾、稲作や狩猟の指導に大忙しの「恩返し」で、村はハイスペックに発展を遂げていく。

そんなある日、村の少年が怪しい足跡を発見する。

それが村を狙っている山賊のものだとわかると、ヤマトは陣頭指揮をとって、改良した弩を武器に、見事撃退を果たす。

そして、生活必需品である塩が足りないことに気づいたヤマトは、

「霊獣の呪いで何人たりとも近づけない」と言われている岩塩鉱山に単身乗り込む。

苦戦ののち、ついに霊獣を倒すことに成功し、村に束の間の休息が訪れたが――

クラン

ハン馬を飼い、放牧して暮らす民の少女。ヤマトに救われ、ウルド村に定住している。

ハン馬

ハン族の宝とも言われている、大型で俊足の馬。扱いは難しい。

ガトン

ウルド村に住む、山穴族の鍛冶師。大陸でも三人しかいない鍛冶極匠の称号をもつ。頑固な職人気質の性格。

子どもたち

ウルド村の子どもたち。働き盛りの大人たちが領主に強制連行されてしまって以降、老人たちと貧窮しながらも助け合って生活していたところを、ヤマトによって救われる。

山人《やまと》

現代から異世界に転移してしまった青年。趣味はアウトドアで、〝自称冒険家〟の両親に育てられ、サバイバル能力に長けている。寡黙で冷静沈着な性格。色恋には鈍感。

リーシャ

ヤマトが転移直後に偶然助けた狩人の少女。ウルド村の年長者として子どもたちをまとめている。おしとやかで可憐。ヤキモチ焼き？

目次

第一章　街へ……12
第二章　襲撃者……26
第三章　太守代理の少女……45
第四章　誘拐事件……57
第五章　高速荷馬車戦闘……74
第六章　獣の大剣使い……93
第七章　オルンの宝物……106
閑話1　帝国の騎士……119
閑話2　新たなる武具を……124
第八章　春の訪れ……129
第九章　新たなる子どもたち……139
第十章　ウルド商店……153

第十一章　帝都へ……162
第十二章　赤髪の剣鬼……170
第十三章　外交……179
第十四章　皇子とヤマト……196
第十五章　樹海への道……213
第十六章　霊獣の群れ……228
第十七章　謎の少年……244
第十八章　巨竜降臨……268
第十九章　巨竜討伐戦……281
第二十章　帰郷……306
閑話3　男の戦い……319
閑話4　温泉……325
あとがき……334
イラストレーターあとがき……336

第一章　街へ

「よし、交易をする」

オレの提案で、南方の街との交易を再開することになった。岩塩鉱山の霊獣を退治してから月日が経ち、季節は初秋となっていた。

ウルド村では農作業が一段落して、塩や食料の余裕も出ている。昨年に比べて生活はかなり安定していた。

「ちょうど必要物資の在庫が少なくなっていました。素晴らしい考えだと思います、ヤマトさま」

村長の孫娘であるリーシャが賛成するように、交易の最大の目的は必要物資を得ることである。

辺境の山岳地帯にある村は、基本的に自給自足の生活。だが香辛料や医療品・加工品などは、大きな街に行かないと手に入らない。そこで村の特産品を街で売って、その金で必需品を買うことにした。

「街に行くのは、次の者たちだ……」

連れて行くメンバーは少数精鋭にする。リーシャとオレが引率者になり、荷馬車にはウルドの子どもたちを数人。それに草原の民ハン族の子どもたちが数騎だけ同行する。

「ヤマト殿、村の留守はお任せください」

村長や他の者に、村の留守を任せる。日々の農作業や巡回などの詳細を指示しておく。今の村の周囲には危険はなく、自分がしばらく離れても大丈夫であろう。

こうして全ての段取りを済ませてから、オレたち荷馬車隊は街を目指したのであった。

◇

◇

村を出発して街道を進み、荷馬車に揺られて数日が経つ。

「ヤマトの兄さま、街が見えてきました！」

「そうか。分かった、クラン」

馬で先行していたハン族の少女クランから報告がある。目的地であるオルンの街が見えてきた。

「これがオルンの街並みか」

「はい、ヤマトさま。〝東西文化の交わる街〟として名高いオルンです」

街の城門で手続きを終えて、荷馬車隊は大通りを進んでいく。御者台の隣に座るリーシャから、オルンについての説明を受ける。

「ここは大きな街の部類に入るのか？」

「はい、大陸中央でも有数の規模を誇る街の一つです！」

彼女の説明によると、ここオルンは交易によって栄えてきた都市国家だという。東西南北の街道が交差して多文化が花咲く街。ちなみに王制ではなく、世襲制で太守が街を治めている。

「それにしても街に着いてから、嬉しそうだな、リーシャさんは」

「えっ、そ、そうですか……」

いつも笑みを絶やさない彼女であったが、到着してからの喜びようはいつも以上であった。満面の笑みで周囲の街並みを眺めている。

「リーシャ姉ちゃんが、浮かれるのも仕方がないよ、ヤマト兄ちゃん！」

「ここはお買い物もできて、楽しいんだよ！」

「そうそう、リーシャ姉ちゃんは買い物好きだからね！」

後ろの荷台に乗っている子どもたちも、同じように浮かれていた。無邪気に笑いながら、街の楽しさについておしゃべりをしている。

「ここは、それほど商品が豊富なのか、リーシャさん？」

「はい、そうです！　この大通りの商館はもちろんのこと、広場には市場《バザール》があって、綺麗な生地や珍しい宝飾品、それに美味しい屋台の料理が、安くて沢山売られているのですよ！」

いつもは控えめなリーシャが熱弁している。それほどまでにオルンは豊かな街なのであろう。

「市場《バザール》か。本当に楽しみだな」

「す、すみません……久しぶりの街なので、つい興奮してしまいました」

「村の商品が売れたら、土産も買っていこう」

「はい、ありがとうございます！　ヤマトさま」

年頃の少女であるリーシャは、欲しいものが沢山あるのであろう。満面の笑みだ。

「では、まずは市場《バザール》に向かいましょう、ヤマトさま。あそこなら面倒な手続きが不要です」

「なるほど。そこはリーシャさんに任せた」

オルンは村から一番近いため、リーシャは何度も訪れている。そこで街の中でのことは、経験者である彼女に任せた。

今回の旅の目的は、荷馬車に積んである村の特産品を売ること。そのために大広場にある市場《バザール》で露店を開く予定だ。

「早く市場《バザール》に着かないかなー」

「うん、楽しみだね！」

「甘い果物もあるんだよね！」

荷台の子どもたちには長旅の疲れなど全くない。こうしてオレたちは市場《バザール》に向かうのであった。

◇

◇

「ここが市場《バザール》か」

「はい、ヤマトさま。場所代を払えば、誰でも売買ができる自由市です」

「なるほどな」

オレたちは街の大広場にやってきた。目の前に広がる市場《バザール》は、活気に満ちあふれている。広場には多くの露店が並び、様々な商品が置かれていた。

見たこともない果物や光沢のある美しい布地。カラフルな陶器や雑貨が高く積まれ、元気な売り子の声と共に賑わっていた。

「私たちの今日の売り場はここです、ヤマトさま」

「ずいぶんと端だな、リーシャさん」

「何しろ到着の時間が遅かったので。明朝はいい場所を狙います」

「なるほど、早い者勝ちか」

リーシャの説明を聞きながら、オレは周囲を見渡す。やはり売れる場所は人気があるのであろう。今日はこの端の場所で我慢しよう。

「よし、商品を並べていこう」

他の露店と同じように開店の準備をする。石畳の上に布や台を広げ、ウルドの特産品を並べていく。ちなみに荷馬車ごと市場《バザール》に横付けできるので、かなり便利である。

「少し視察をしてきていいか？　リーシャさん」

「はい、大丈夫です。売るのはお任せください、ヤマトさま」

露店の設営が終わったので、一人で視察に行くことにする。何しろオレは人付き合いが得意ではない。接客は慣れた彼女たちに任せておくのが、賢明な判断だろう。

（異世界の街か……）

何しろ現代日本から転移してきたオレは、この世界の政治・経済の状況を知らない。今後のためにも、自分の目で直接調査する必要がある。

（さて、どんなものか……）

こうしてオレはオルンの市場調査に向かうのであった。

◇　◇

「まさに中世ヨーロッパ風な文明度だな……」

異世界の街を歩きながら、率直な感想をつぶやく。もちろん周りには聞かれないように、声は抑えている。

地球の中世ヨーロッパと、オルンの文明度は似ていた。カラフルな壁の建物が並び、人々の衣類や道具も西洋風なものが多い。リーシャの話によると、大陸の各地の文明度に、それほど大きな差はないという。

「売買は統一通貨による経済。言語は大陸共通語で全て統一されているか……」

この大陸の通貨や言語は、ずっと昔に統一されていた。これは古代に大陸全土を武力統一した、〝超帝国〟の時代の名残だという。その支配者層は特殊な能力を持ち、圧倒的な武力で大陸を支配。言語や宗教・通貨・単位を全て強制的に共通化していた。

「それにしても人種は本当に様々だな。〝亜人〟は、いないようだが……」

大陸有数の交易都市であるオルンには、様々な顔立ちの人種が行き交っている。だが小説や映画に出てくるような亜人、つまり獣や爬虫類などの混合人種は、今のところは見ていない。

厳密にはガトンたち山穴族《やまあな》も、人とは違う種族である。だが見た目は人族と似ており親しみやすい。

「それにしても……街の商品は、ずいぶんと品質が低いな」

これは街を視察したオレ個人の感想である。市場《バザール》の品はもちろん、大通りにある商店の品も同様であった。具体的にはウルド村の工芸品に比べて、明らかに作り手のレベルが低い。おそらく大量生産による品質の低下が原因であろう。

「『ウルドの民の品は街で人気がある』……なるほど、このことか」

リーシャや老鍛冶師ガトンの話では、ウルドの工芸品は高値で取引されているということだった。特に革製品や生地織物・磁器などは、わざわざ行商人が買い付けに来るほど。

「なるほど……これは交易のチャンスだな」

街の中を見て回ってオレは、オルンの経済状況を把握する。結果としてウルドの価値《ブランド》は高いことが判明した。今後も継続的に交易を行っていけば、村の暮らしは良くなっていくであろう。

「よし。そろそろ、皆の所に戻るとするか」

大まかな市場調査が終わり、リーシャたちのいる場所まで戻ることにした。開店してから時間も経っているので、商品の売れ行きも気になる。賑やかな広場を通り抜け、オレはウルド露店まで戻ってきた。

（……ん？）

何やら様子がおかしい。ウルド露店の前には人だかりができ、何やら騒がしいのである。

「ヤマトさま、お助けください！」

店を任せていたリーシャが、戻ってきたオレに助けを求めてきた。自分が離れている間に、何かのトラブルに巻き込まれていたようだ。

◇　◇

「どうした、リーシャさん」

「実はお客さま同士が……」

困った顔をしながらリーシャは、視線を露店の前に向ける。そこでは二組の客が言い争いをしていた。

「悪いね、オジさん。この革細工はオレっちが、先に会計したっす」

「ふん、そんなものは関係ないわ！　ワシが買うと、今決めたのだ！」

どうやら商品の購入に関するトラブルだ。どちらも全く引かない状況に、リーシャは困っていた。

「オレっちはウルド革製品が好きでさ。久しぶりの店の再開を聞きつけて、ようやく見つけたんだぜ、オジさん」

先に選んで会計を済ませたのは青年らしい。軽薄そうな口調で、どこか遊び人風にも見える。

「ふん！　そんなのは知るか、小僧！　これは金になる商品じゃ！」

そこへもう一方の男がやってきて、横取りしようとしていた。恰幅と身なりは良く、金持ちの商人といったところであろう。かなり傲慢な態度である。

自由市である市場《バザール》では、よくある光景なのであろう。周りの通行人も気にしていない。

「店の前で喧嘩《けんか》は止《や》めてもらおうか」

状況を把握したオレは、二人の間に入り仲裁する。これ以上の口論は営業妨害にもなりかねない。即座に中断してもらう必要がある。

「何だ！　キサマは!?」

「この店の主だ」

「へぇー、ダンナが、このウルド露店の……」

いきなり介入してきたオレに対する両者の反応は対照的だ。商人は威圧的に、そして遊び人風の青年は何やら感心している。

「ウチの店は早い者勝ちだ」

「な、何じゃと!?　金なら腐るほどある！　コイツの倍額を払おう！　何だったら店の全ての商品を、買い取ってやるぞ！」

「いや、遠慮しておく」

傲慢な商人の提案を、オレは即座に断る。これは厳しい冬の間に、村人たちが心を込めて作り上げた品である。価値が分かってそれを必要としている者に、商品は買って欲しい。

「なっ……ワ、ワシを誰だと思っておるのだ！　栄光あるヒザン帝国の貴族商人ブタンツ子爵であるぞ！」

「すまない。勉強不足で知らない」

オレは丁寧に断る。だがブタンツ子爵を名乗る男は、顔を真っ赤にして激怒する。恰幅のいい身体《からだ》をガタガタと震わせ、今にも斬りかかってくる勢いだ。

「不敬罪じゃ！　この田舎者を斬り捨てぇ！」

その命令と共に、後ろに控えていた数人の人影が動く。帯剣しているところを見ると、護衛の傭兵であろう。雇い主の命令に従い、手慣れた様子で実行する。

おそらく貴族商人であるブタンツが、いつも金で解決していたのであろう。

「あんっ……？」

だが傭兵たちの剣は、いつまで経っても抜かれることはなかった。

「何だ……こりゃ……」

なぜなら彼らの愛剣が、鞘ごと腰から消えていたのである。まるで神隠しにあったかのように、誰もが目を丸くして驚いている。

「探し物はコレか？」

「な……な、何で……てめぇがそれを……」

オレが手にしていた剣の束を見て、傭兵たちは顔を真っ青にする。

「まだ、殺《ヤ》るか？」

オレは貴族商人に視線を向けて尋ねる。少しだけ視線に殺気をのせて威嚇する。

「お、覚えておれ！　この屈辱は必ずはらしてやる！」

「別にもう来なくてもいい」

貴族商人と傭兵たちは捨《す》て台詞《ぜりふ》と共に、市場《バザール》から逃げ去っていく。もちろん招かれざる客の再来店はお断りである。オレは塩でも撒きたい気分であった。


「ヤマトさま、本当にありがとうございます」

「さすがヤマト兄ちゃんだったね！」

「本当に嫌なオジさんだったね！」

「さあ、遅れていた分を取り戻すぞ」

トラブルが収まり、ウルド露店の営業を再開する。広場は先ほどのいざこざで一時は騒然としたが、何事もなかったかのように、今は賑わいを取り戻している。

交易都市であるオルンでは、先ほどのようなトラブルは日常茶飯事なのであろう。感心するほど逞しいものだ。

「いやー、助かったっす、ダンナ」

先ほどの革製品を購入した青年が、オレに感謝してくる。軽薄な口調だが、その感謝の言葉に嘘はないようだ。

「当たり前の対応だ」

「それにしてもダンナは強いっすねー。目にも留まらぬ早業だったたっす！」

　青年は称《たた》えてくれるが、オレの言葉は謙遜《けんそん》ではない。何しろ先ほどの傭兵たちの動きは、あまりにも遅く稚拙《ちせつ》だった。ヤツらの腰から鞘ごと剣を抜き取るなど、造作もない。

　本当にあの程度の腕で、傭兵をやっていけるのか疑問だ。あれでは村の子どもたちの方が、隙もなく何倍もマシだ。

「さすがは噂の……〝ウルド村のヤマト〟のダンナっすね……」

「噂……だと？」

「おっと、いけねえ。もう戻らないと。じゃあ、またっす、ヤマトのダンナ。オレっちの名はラックっす！」

　ラックと名乗りながら、遊び人風の男は走り去っていく。軽薄で騒がしく、忙しい男であった。

　だが気になる単語を、ラックは小声で口にしていた。

（噂か……そんなはずはないのだが……）

　オレが住んでいるウルド村は、山岳地帯の閉鎖された集落である。つい最近まで盗賊団に街道を封鎖されて、村の出入りは誰一人なかった。つまり村にオレがいたことは、村人以外は誰も知らない。

（オレの聞き間違いか……だが……）

　妙に気になる青年であった。外見は軽薄な遊び人風だったが、足運びは〝タダ者〟ではなかった。おそらく何らかの鍛錬を受けた者であろう。それでいて殺気がない不思議な男だ。

「ねえ、ヤマト兄ちゃん！」

「兄ちゃんってば！」

「どうした？」

そんなことを考えていると、村の子どもたちが声をかけてくる。その視線は自分の顔に集まっていた。

「兄ちゃん。また、〝難しい顔〟してるよー」

「そんな顔だと、誰もお客さんが寄り付かないよー」

「そうそう、笑顔じゃないとね！」

どうやら考えごとをしていたオレは、硬い表情になっていたようである。客商売の基本であり、最も重要である営業スマイルを怠っていた。

「笑顔か……こうか？」

「うわー、兄ちゃんが、さっきより怖い顔に！」

「不気味すぎるよー！」

「ヤ、ヤマトさま……ここは私たちに任せて、ゆっくりしてください」

リーシャにも気を遣われてしまう。仕方がないので接客は彼女たちに任せて、オレは裏方の仕事に専念することにした。

◇　　◇

夕方となり市場《バザール》の営業時間は終わる。街灯がない文明度なので、暗くなる前に誰もが帰路につく。

「思っていた以上に売れましたね、ヤマトさま」

「ああ、順調だったな」

リーシャと今日の売り上げを確認する。午後だけの短い時間とはいえ、ウルド露店の売れ行きは順調であった。荷馬車にはまだ在庫があるので、明日以降も出店するつもりだ。

（明日からが本番だな。またトラブルがなければいいが……）

少々の不安はあったが、交易の初日は順調に終わるのであった。

第二章　襲撃者

「ねえちゃん、その織物をくれ」

「はい、ただいま！　あと、こちらも一緒にオススメです」

「おっ。じゃあ、一緒にそれもくれ」

「はい、ありがとうございます」

オルンの街に来てから数日。ウルド露店の商品の売れ行きは、その後も順調であった。

接客は看板娘リーシャが中心となっている。聡明な彼女は臨機応変に対応していた。

「ほう。この革細工……ずいぶんといい仕事だな」

「それオレが作ったんぜ、オジサン！」

「お前みたいなボウズが、これを!?　たいした腕だな。よしっ、買った！」

「オジサン、ありがとね！」

そして村の子どもたちも売り子に励んでいる。その愛嬌のある笑顔に、客も釣られて笑顔になっていた。

辺境の民であるウルドの露店が、市場《バザール》でいい場所を確保するのは難しい。どうしても端の微妙な場所になる。だがウルド産の良質な工芸品は、この街では珍しい。

「おい、その革細工をどこで買ったんだ？」

「知らないのか？　今流行りのウルド製だぜ」

「そうか。オレも買いに行かないと！」

昔からの愛好者の口コミもあり、今ではこうして人だかりもできるようになった。

「おい、ジイさん。このスゲエ短刀の値段はいくらだ!?」

「おい、見てみろ。この槍先……見たこともない業物だ……」

そんな中、ガトンの作った製品も注目を浴びていた。傭兵を生業《なりわい》とする客たちは、山穴族の匠の技に目を輝かせている。

「ふん、それは売り物でない。その槍先もじゃ」

「なら、こっちの包丁は？」

「そっちも、ダメじゃ。お前さんにはまだ使いこなせん」

だが頑固な職人ガトンは、その首をなかなか縦に振らない。

〝鉄と炎の神〟に愛された職人の山穴族は、相手の力量に見合った物しか売らない。特に大陸でも最高峰の鍛冶師ガトンの目に適《かな》う客は、今のところ一人もいない。立派なこだわりであるが、これでは商売にはならない。

「ガトンのジイさん、客に売る気はあるのか？」

「ふん、小僧。ワシは素人には売るつもりはない」

オレが言っても、ガトンは頑固な信念を曲げない。そして今また、一人の客を追い返していた。

山穴族の職人が頑固であることは有名であり、トラブルにならないのが唯一の救いである。

「ところでジイさん、乗り物酔いは、もう治ったか？」

「ふん。大地から足が離れる動く乗り物は、ワシらは好かん！」

ガトンはオレたちと一緒にオルンに来ていた。だが大地の民である彼らは、乗り物にめっぽう弱い。オルンまでの道中で酷《ひど》い車酔いになり、今日になってようやく回復していた。強靱な山穴族にも意外な弱点があったものである。

「自分の酒代くらいは稼いでくれよ、ジイさん」

「ふん。言われるまでもないわ」

頑固な老鍛治師であるが、その腕は本物である。その目に適う客が来店することを願うしかない。

そんなガトンとのやり取りを終えて、自分の仕事に戻る。荷馬車から商品を出し、陳列の補充をする。

「あっ、ヤマトのダンナ！　ちゅーす」

そんな時、オレを呼ぶ声が聞こえてきた。先ほどの重厚なガトンとは正反対の、軽薄な声である。

「何だ、お前か」

「お前じゃないっす、ラックっすよ、ダンナ」

声をかけてきたのはラックであった。ちなみに初日から連日来店の皆勤賞である。

「リーシャちゃん、今日も可愛いっすね」

「褒めても何も出ませんよ、ラックさん」

「またまたー」

相変わらず軽い感じで、看板娘リーシャに声をかける。彼女も最初は軽薄なラックを警戒していたが、今では慣れた感じで対応していた。

「ラックのオジさんは、本当に暇人だよね！」

「〝むしょく〟って呼ぶらしいよ。毎日ブラブラしている人のことを！」

「ちっちっち……ちびっ子たちよ。そこは遊び人って呼んで欲しいね。それにオレっちはまだ若いから、お兄さんっすよ」

売り子をしている子どもたちにも、ラックはいつの間にか人気者になっていた。軽い同レベルでの会話が続いている。もしかしたら精神年齢が近いのかもしれない。

（つかみどころのない男……だが不思議なヤツだな……）

心の中でラックのことを、そう評価する。もしかしたら軽薄な口調も、相手に警戒心を抱かせないための技術なのかもしれない。このオレですら、ラックの妙なペースに巻き込まれている。

「あれれ？　今日は山穴族のダンナもいるんっすね？」

「ああ。だが売ってくれるとは限らない」

ラックがガトンの鍛冶製品を見るのは今日がはじめてである。

「へー、どれどれっす……」

ガトンの鍛冶製品をラックはのぞき込む。刃物類から鍋釜の日用品まで、様々な金属製品が並んでいる。

「おっと……あれは……」

ラックの目が急に鋭くなる。そして瞬時に軽薄な表情に戻る。誰も気がつかない、ラックの微妙な動揺であった。

（ほう……〝それ〟の価値に気がつくか……）

だがオレだけはその微妙な変化を見逃さなかった。ラックが興味を示したのは〝赤結晶の彫刻〟である。他のどの客も興味をもたなかった彫刻を見て、ラックは驚愕していた。

「どうしたラック、顔色が悪いぞ」

「えっ、そうすっかー？　オレっちはいつでも元気っすよ！　それにしても素晴らしい槍先っすねー」

「ふん。キサマのような男には売れんぞ」

「えー、そりゃないっすよー」

オレのカマ掛けにも、何事もなかったように返事をしてくる。そして自分のペースに周りを巻き込んでいく、見事な切り替えである。

「ところでヤマトのダンナ。今は暇っすか？」

「商売中だ。暇そうに見えるか」

「いやー、そうすっね……でも、少しだけ暇そうっす……」

見栄を張って返事をしたが、今は暇な時間帯であった。今日の分の品出しは終わり、自分の役割分担はない。販売の方もオレの出る出番はない。

「ヤマトさま。ここは私たちに任せてもらって大丈夫です」

「そうそう、大丈夫だよ、ヤマト兄ちゃん！」

リーシャと子どもたちは店番を名乗り出る。これでオレは自由時間を得たことになる。

「……という訳で、ダンナに紹介したい人がいるっす。オレっちについて来てください」

「相手は誰だ？」

「へへへ……会ってからのお楽しみっす！」

ラックは曖昧な説明で誘ってくる。明らかに怪しいが、この男の頼みはなぜか断れない。

「後のことは頼んだ、リーシャさん」

「はい、お任せください、ヤマトさま」

こうしてラックの後に付いて行くのであった。

◇

◇

「どこまで行くつもりだ？」

「もう少しっす、ヤマトのダンナ」

大通りから路地裏に入り、周りには人気がなくなってきた。オレは経路を暗記しながら、方向感覚にも注意していた。だが明らかに怪しい場所であることは間違いない。

「ダンナ、ここっす。ちょっとここで、待っていてください」

「ああ。分かった」

古びた屋敷の前でラックは立ち止まる。ここが目的の場所だという。この屋敷の中に会わせたい人物がいるらしい。

「ちょっと話をつけてきます」

相手はよほど警戒心の強い人物なのであろう。ラックは話をつけに、一人で屋敷に入っていく。

オレは人気のない路地裏に置いていかれる。

「ここが目的の場所か。それにしてもずいぶんと古い館だな……」

目の前の屋敷はかなりの年代物だが、造りはしっかりしていた。ここの主はかなりの地位にある者かもしれない。


「それにしてもラックのヤツ、遅いな」

時間にして数分ほど待った頃であろう。

(……ん!?)

周囲の異変に気がついたオレは、腰のナイフに手をやる。交易商人としての護身用の武器だ。

(いち……に……さん……十一人か。盗賊……いや、これは……)

オレは、いつの間にか囲まれていた。包囲していたのは黒装束の集団である。殺気からすると、相手が殺しのプロだと推測する。

(何者だ……?)

そう思った次の瞬間、相手は行動を起こす。集団のうち一人だけが、こちらに接近してくる。他の十人はオレに構わず、屋敷の塀を乗り越え侵入していく。音もないその身のこなしは、やはり特殊な訓練を積んだ集団であった。

（だが目的はオレじゃなかったか……本命は屋敷の中の人物……）

相手の行動からそう判断する。屋敷の中にはラックとその紹介する人物がいた。

「なるほど目撃者であるオレは〝ついで〟か……」

オレは邪魔な目撃者として、ここで消すつもりなのであろう。外見が商人風の自分なら、一人でも楽々と片付けられると判断したに違いない。

「お前たちは何者だ？」

「………」

接近してくる黒装束に問いかけるが、返事はない。顔も布で隠されており表情も読めない。暗殺者として徹底していた。

「……」

「そして問答無用か」

刃先に黒い液体を塗ったナイフを向けて、警告もなくいきなりである。その動きには一切の無駄がなく、暗殺者としてかなりの腕利きであることが窺《うかが》える。

（だが獣に比べたら、遅い）

「なっ……」

オレはすれ違いざまに、相手の首元を斬り裂く。暗殺者は声を出すこともできずに、その場で絶命する。

「殺気の牙を向けてきた相手には、悪いが手加減をしない」

現代日本とは違い、この世界の治安は悪い。自分の身は自分で守る必要がある。そのために刃を振るう覚悟は既にできていた。それにしても想定したより、動きが遅く感じた。

暗殺者はかなりの腕利きであった。それにも拘《かか》わらず動きは正確に見えていた。これも自分の身体能力が向上しているおかげであろう。

「やはり何も持っていないか……」

絶命した暗殺者の身体を確認しても、身分を明かすような物は何もない。持ち物は刃物や毒物など、人を殺す道具だけである。

「金持ちを狙った強盗か。それにしては用意周到すぎるな」

残る十名の黒装束の集団は、先ほど屋敷の中に侵入していった。無関係である自分は、このまま立ち去ることもできる。

だがその場合だと、間違いなくラックは事件に巻き込まれてしまう。暗殺者たちの襲撃に巻き込まれて、その命を失う可能性も大きい。

「手持ちの武器はナイフ一本だけか……」

今の自分の恰好は善良な交易商人である。ナイフ一本であの数を相手にするには、戦力としては物足りない。

「やれやれ……仕方がないな」

だが、あの男を見捨てる訳にはいかない。懐いていた子どもたちを悲しませないために。

◇　　◇

古びた塀を乗り越え、広い屋敷の敷地内を進んでいく。

入り口にいた黒装束の見張りを消してカウントする。これで残りの相手は九人。もちろん声は他に漏れないようにつぶやく。

「これで二人……」

「それにしても手応えがない相手だな」

手元のナイフに視線を送りつつ、率直な感想を述べる。最初に見た時は、かなりの手練《てだ》れに感じた。だが実際に倒した時はあっけないものである。オレは気配を察知させず、声を出させる暇もなく圧倒している。

「これなら村の子どもたちの方が手強いな……」

身内びいきではなく、これも率直な感想である。オレは子どもたちに護身術も教えていた。自称冒険家であった両親から、自分が叩き込まれた護身術。流派に属さず生き残るための実践的なものである。

「やはりウルドの民の身体能力は、この大陸でも高い方なのか……」

前に村長から聞いた話では、古代ウルドの民は武に優れた集団だったという。もしかしたら鍛えていることで、その古《いにしえ》の本能が目覚めてきたのかもしれない。

オレは気を引き締めて屋敷の奥へと進んでいく。


「さん……よん……」

廊下にいた黒装束の見張りを倒していく。オレ自身に人を殺《あや》める罪悪感がない訳ではない。だが今のところ心の乱れはない。もしかしたら身体能力と共に、精神の耐性も向上しているのかもしれない。


(ん……この先の部屋か。ラックは……)

広い屋敷内を最深部まで進んでいく。その先から人の争う声が聞こえた。その内の一つはラックのものだが、他は知らない声である。声音から室内が、危険な状況であることは推測できた。

危険を承知で扉を蹴り破り、室内に突入していく。

「ヤマトのダンナ！」

突然侵入してきたオレの姿を見て、ラックが叫ぶ。

広い室内でラックは背後に誰かを庇《かば》っている。おそらくは暗殺者から、その者を守っているのであろう。いつもと違い表情に余裕は少ないが、その無事は確認できた。

「ダンナ、危ないっす！」

ラックの警告と共に、こちらに襲いかかってくる影があった。

（四人同時か……）

相手は黒装束の四人の暗殺者。オレの死角から音もなく迫ってくる。ここまで倒してきた相手よりも動きが速い。この集団の中でも手練れの四人なのであろう。

「ダンナ、そのナイフは猛毒っす！」

ラックの悲痛な叫びが室内に響く。入り口にいたオレに、暗殺者たちは刃先を向けてくる。かすり傷でも死にいたる猛毒のナイフ四本同時の連携であった。

「たいした連携だ……だが、遅い！」

オレは気合の声と共に迎撃する。相手の動きを柳の枝のように受け流し、流れるように四人を斬り抜く。

「バ、バカな……一撃だと……」

室内に残った暗殺者は声をもらす。商人風情に仲間が瞬殺され驚愕していた。

「ちっ……撤退だ」

敵《かな》わないと判断したのであろう。生き残った暗殺者は、舌打ちをしながら撤退を選択する。部屋の窓を突き破り、屋敷の外へと退却していく。敵ながら見事なまでの状況判断である。

◇

◇

「さて……」

暗殺者が立ち去り静寂が訪れる。室内に残ったのはオレとラック、そしてもう一人である。

「ラック、無事か？」

「ヤマトのダンナの、おかげっす！」

室内の安全を確認してから、ラックはこちらに駆け寄ってくる。見たところ外傷もなく無事であった。その話によるとオレが部屋に突入したタイミングは、暗殺者たちとほぼ同時。それを考えると急いで助けにきて正解であった。

「この黒装束は何者だ？」

「分からないっす……でも、たぶん、この方の命を狙ったのかと……」

そう言いながらラックは視線を移す。彼が暗殺者から身を挺《てい》して守っていた人物――この者が、オレに会わせたかった相手なのであろう。

「説明してもらおうか、ラック」

巻き込まれたとはいえ、問答無用で自分も命を狙われたのである。どのような状況なのか、今後のために知っておく必要があった。

「はいっす、ダンナ。実はこの方は……」

「ラックさん、その先は私の口から説明します」

ラックの言葉を遮り、その人物が口を開く。口調は丁寧であるが、その目には強い意志が感じられる。

「私の名はイシス。このオルンの街の太守の娘で、今はその代理をしています」

イシスと名乗ったのは美しい少女であった。こうして彼女が命を狙われていた事情を、オレは聞くのであった。

オルンの若き太守代理イシスの口から、大まかな事情を聞く。

「つまり、このオルンが他国に狙われているのか、イシス」

「はい。明言はできませんが、相手の見当はついています……」

説明を聞き終えたオレは、情報を整理していく。このオルンは街道が交差する交易都市で、税収により潤っていた。得た富で強固な城壁を築き、独自の騎士団や傭兵団を有する。太守制度を敷き、自治を長年にわたり守ってきた。

「まるで戦国時代の堺の街のようだな」

「えっ、サカイ……ですか？」

「いや、何でもない」

長年にわたり独立を守ってきたオルン。だが最近になり、周囲の国家情勢が変わってしまった。

「それがヒザン帝国の躍進か？」

「はい……」

大陸の東部にあるヒザンという国家が、急激に勢力を拡大してきたという。オルンとはまだ国境を接していないが、あと数年もすれば侵攻してくる勢いである。

「なるほど。そして手始めに、帝国から外交圧力がきたのか」

「はい……数か月前、降伏勧告の使者がきました」

「そして、それを断ったと」

「はい、我がオルンはそんな不当な圧力には屈しません！」

帝国から来たのは『オルンの自治は一切認めない。命が惜しかったら降伏せよ』そんな高圧的な勧告内容であったという。

オルンの現当主、つまりイシスの実父は即座に断った。帝国は勢いこそあるが、所詮は急造の国家。オルンと周囲国家が連携していけば、それほど脅威ではない。イシスの父はそう考えていたという。

「だが現当主が謎の病で倒れたのか」

「はい、父は意識はありますが、床に臥《ふ》しています」

今から一か月ほど前。現太守であるイシスの父が、謎の病に倒れたという。意識はあるが衰弱しており、政務には立てない病状。そこで一人娘であるイシスが太守代理の座に就いて、家臣と共に街を運営していた。

「そして今回の暗殺騒動か」

「はい、その通りです、ヤマトさま」

「こんな人気のない屋敷に、迂闊《うかつ》だったたな、イシス」

「おっしゃる通りです……」

イシスは申し訳なさそうな顔をする。彼女の口からは明言していないが、全てはヒザン帝国が仕組んだ計略の数々であろう。

数年後のオルン侵攻を前にして、相手を弱体化させる。運が良ければそのまま内部分裂を狙う腹積もりなのであろう。地球の歴史でもよくあった計略の一つである。そして客観的に聞いても、今のところ帝国の思惑通りにことは進んでいる。

「話はだいたい分かった。それでオレに何の用だ？」

事情の再確認を終えたオレは、イシスに用件を尋ねる。危険を冒してまでオレに会いたかった彼女の思惑を。

「ラックさんから聞いておりました……〝北の賢者〟ウルドのヤマトさまの噂を……」

「〝北の賢者〟……だと？」

情報通であるラックから聞いた噂を、イシスは静かに語る。


滅びの運命にあった北の集落にある日、救世主が降臨した。

その者は飢えに苦しむ村人たちに施しを与え、見たこともないような新しい技術で食糧難を次々と解決していく。

更には戦術眼にも優れ、村に一兵の犠牲を出すこともなく、残虐非道な山賊団を壊滅させた。そして救世主……〝北の賢者〟ウルドのヤマトさまは、このオルンの街にやってきた。

「オレは普通の村人だぞ、ラック」

「またまた、偉業ばかりで、ご謙遜をダンナ」

ラックは褒め称えてくるが、村で行っているのはほんの些細な改革である。世話になった村人たちに恩返しをするために、知恵を出しただけだ。どこから仕入れたか知らないが、オレに対する噂は誤報に近い。

「お願いします、〝北の賢者〟さま……いえ、ヤマトさま。どうかこのオルンの街を助けてください！」

だが目の前に本気で信じている者がいた。イシスは真剣な眼差しで懇願してくる。オルンの軍師の地位に就いて、帝国の魔の手から街を守って欲しいと。彼女は冗談でなく本気であった。

「悪いが断る。オレはそんな賢人ではない」

「なぜでしょうか!?　十分な御礼金や地位を用意します！」

「金の問題ではない」

太守代理の少女イシスの頼みを、オレは即答で断る。

「お金ではない……」

「ああ、人は〝仁義愛〟の三つをもって動く。〝三顧《さんこ》の礼〟をもって人を迎えるのがいい例だ」

「〝さんこの礼〟……ですか？」

イシスは初めて聞く言葉に首を傾げる。もちろん地球の歴史が伝わっているはずもなく、その意味は理解できないであろう。

（だが、これでいい……よそ者が口を出す問題ではない）

これはイシスの頼みを断るための、オレの方便である。誤解により過大評価を受けているが、自分は賢人などではない。軍略家として訓練を受けてきた経歴もなく、都市国家の政治経済を立て直す学もない。せいぜいアウトドアが趣味で、一般大学を卒業した社会人でしかない。

これまでは少し知恵で小さな村の貧困を救っただけ。〝北の賢者〟や〝軍師〟などという大げさな男ではない。

「分かりました、ヤマトさま。〝さんこの礼〟を調べて、また伺います」

「ああ、勝手にしてくれ。しばらくはオルンに滞在している」

どうやらイシスはまだ諦めていない様子である。その瞳には絶対に諦めない強い意志が見える。

（オレより年下だが、かなり心は強いな……）

頼りなさそうに見えて、かなり芯が強い少女である。内心でオレは少し彼女のことを見直す。

「イシスさま！」

「お嬢さま、ご無事ですか!?」

そしてイシスとの話が終わりかけた、その時である。激しい金属音と共に、剣と盾で武装した集団が飛び込んできた。

「ええ、大丈夫ですわ」

イシスの説明では彼らはオルン近衛騎士《このえ》だという。いつの間にか姿を消したイシスを追い、この太守別邸に駆けつけてきたのである。

「怪しいヤツめ！　貴様も賊の一味か!?」

オレは屋敷内で絶命している黒装束の仲間だと、勘違いされる。何しろ珍しい黒目黒髪の外見である。更に息のない暗殺者が足元に転がっている。自分が近衛騎士の立場だったとしても怪しむに違いない。

「リーンハルト、お止めなさい！　このヤマトさまは、私の命の恩人です！」

「イシスさまの命の恩人……ですか……」

どうやら話がややこしくなってきた。殺気立つ騎士に斬り捨てられない内に、オレはこの場を退散することにする。彼らに任せておけば、イシスも大丈夫であろう。

「ラック、オレは先に戻る」

「また遊びに行くっす、ダンナ」

こうして屋敷を後にしたオレは、皆のいる市場《バザール》に戻るのであった。

第三章　太守代理の少女

「ヤマトさま、お帰りなさいませ」

「ずいぶんと遅かったね、ヤマト兄ちゃん！」

「今日の分は、もう売り切ったよ！」

店を離れてから時間が経っていたので、皆は露店の片付けをしていた。見たところ商品の売れ行きも順調であり、今日の分のノルマは完遂している。

もしかしたら不愛想な自分がいない方が売れるのか。そう思ってしまうほどの順調さである。

「予定よりも順調だな。よし、褒美として、明日は一日休みとする」

オレは明日のスケジュールを皆に伝える。村から荷馬車に満載してきた、ウルド商品の在庫はまだある。

だが連日の頑張りの褒美として、明日を丸一日休日とした。売り上げの中から小遣いを用意して、子どもたちに渡しておく。これで明日は各自、オルン観光や買い物を楽しんでくるように伝える。

「おお、お休み。やったー！」

「ヤマト兄ちゃん、太っ腹だね！」

「こんなに気前がいいと、逆に心配だよね！　明日は槍が降るかもね！」

「街にも危険はあるから、浮かれるな。あと空から槍は降ってこない」

休日に浮かれている子どもたちに、釘を刺しておく。必ず数人一組で行動するのを厳守で、護身用の短剣も持たせる。万が一に危険な目にあった時の合図も指示しておく。さすがに弩《クロスボウ》は持たせられないが、これで大丈夫であろう。

何しろ彼らは大兎《ビック・ラビット》や大猪《ワイルド・ボア》などの獣と、命がけの狩りを繰り広げている狩人である。並の〝人さらい〟など物ともしないであろう。

「よし、では宿に戻るぞ」

ウルド露店を撤収して、街外れの宿へ帰宅する。この後は身体の汚れを落とし、夕食を食べてから寝るだけである。

成長期である子どもたちには、特に〝早寝早起き〟を徹底させていた。睡眠時間に成長ホルモンは分泌され、彼らの健康的な成長を促す。


「おい、小僧」

帰路の途中でガトンがオレに声をかけてくる。

「何だ、ジイさん」

「今晩ワシと〝一杯〟付き合わんか?」

子どもたちが寝た後に、宿屋の近くの酒場に繰り出すという。

「ああ、かまわない」

オレは酒が嫌いではない。それにオルンの夜の情勢も見ておきたかった。社会勉強というやつである。

こうしてオレはガトンと夜の街へ出かけることになった。

◇　◇

就寝した子どもたちをリーシャに任せて、オレとガトンは宿屋の近くにある酒場へと繰り出す。そこなら何かあっても、すぐに駆けつけることができる。

それに彼女たちは危険が溢《あふ》れる辺境の村育ち。危険感知の能力は高く、並の悪漢の夜襲なら心配ない。

「ふむ、ここの店じゃ」

ガトンの案内で裏通りにある酒場に入る。他の店に比べても、それほど大きくはない。だが店内は満席に近く活気が溢れ、香辛料のいい香りが充満していた。雰囲気的に落ち着けるいい店である。

「前にも来たことがあるのか、ジイさん」

「鍛冶の仕事で数年間に来た以来じゃ」

乗り物が苦手な山穴族は遠出を嫌う。それでも大陸で有数の鍛冶職人の腕を持つガトンには、遠方からも仕事の依頼がくる。この酒場はオルンに来た時に、必ず利用する酒場だという。

ガトンと二人で空いている席に座り、店のオススメを注文する。

「好調な売り上げに、乾杯じゃ」

「ああ、乾杯」

運ばれてきた酒でガトンと杯《さかずき》を重ねる。オルン名産の果実から作った酒。酸味と甘みのバランスが良く、ワインにも少し似ている。

「ところでラックと行った先で、何かあったのか？」

雑談をしながら飲んでいると、ガトンが尋ねてくる。嘘偽りを嫌う山穴族は、こうした直球の質問が多い。遠回しな会話が苦手なオレも、ガトンのような男は嫌いではない。

「たいしたことではない……」

今日の午後に巻き込まれた騒動を、オレは簡単に説明する。ラックに案内されて、オルンの太守代理の少女に出会ったこと。そして彼女を狙う謎の暗殺者集団を撃退したことを。軍師として誘われたが断ったこと。もちろん周りの客には聞こえないように、声は抑えている。

「暗殺者を一人で殲滅《せんめつ》とは、相変わらず凄い男じゃの、オヌシは」

「別にたいしたことではない。それにもう関係のない話だ」

「それにしては、まだ悩んでいるように見えるがの」

ガトンに指摘されて、ふと気がつく。もしかしたら自分の中では、まだイシスのことを気にしているのかもしれない。自領が窮地に陥り、ワラをも摑む思いで頼ってきた少女の真剣な顔を思い出す。

その時である。酒場にいた山穴族の男が近づいてくる。

「おお、もしやガトンかい!?」

「おお、久しぶりじゃのう！」

ガトンの話によると職人仲間で、オルンに住んでいる凄腕のガラス職人だという。

その男も加わり、三人で酒を飲むことになった。

「オヌシも歳をとったのう！」

「ワシはオヌシの一つ年下じゃ、ガトン！」

ヒゲだらけの老人同士が、肩を組み再会の挨拶をする。こうして見ると、どちらがガトンか分からなくなる。本当にそっくりであった。

酒も進み二人の老人たちはますます盛り上がる。

「ところでオルンの景気はどうじゃ？」

「悪くはない。じゃが……」

ガトンの何気ない問いかけに、ガラス老職人はオルンの状況を静かに語る。


数か月前からオルンの街に、他国の商人が強引に参入してきた。相手は利益無視の価格破壊を引き起こし、オルンの市場《バザール》に混乱が起きている。

更に現太守が寝込んでいるために、公の商工会の会議の場に出てこられない。それもあり相手に対処ができずに、オルン経済に混乱が広がってきているという。

（なるほど……帝国の策謀は水面下でも行われているのか……）

ガラス職人の話を聞きながら、オレは頭の中で情報を整理する。

おそらく強引に参入してきているのは、ヒザン帝国の息のかかった商人であろう。大国の後ろ盾があり、資金は豊富で利益は度外視にする作戦。対するオルンの個人店は単独では敵わなく、かなり危険な状況である。

「だが大丈夫じゃぞ！」

話を終えたガラス老職人は、自信満々に補足する。オルンの街は決して負けはしないと。

「何しろ、この街にはイシスさまがおられるからのう」

「イシス……太守代理の娘さんか？」

「ああ、そうじゃ……」

ガトンの問いかけに、ガラス老職人は更に語る。


オルン太守代理であるイシスさまはまだ若い。だが誰よりもオルンのことを愛し、寝る間を惜しんで懸命に尽くしている。

これまでの太守や騎士たちとは違い、彼女は平等であった。下町の庶民や職人とも壁を作らず、全ての話を最後まで聞いてくれる。

そして何よりイシスさまは嘘偽りがなく真摯《しんし》な方。だから帝国が攻め込んできても、オルンの街は大丈夫であると。

老職人は我が子のように、イシスのことを褒める。一介の職人にここまで褒め称えられるとは、並大抵のことではない。おそらくは太守の娘としてのイシスの献身的な姿が、市民まで認められているのであろう。

「じゃが、イシスさまは真面目すぎる……汚い争いになったら……それだけが心配じゃ……」

老職人は目を細めて心配をしている。

その言葉の通りに、あの少女は真っ直ぐすぎる危うさがあった。周りにいた近衛騎士たちも堅物が多く、卑劣な罠や計略には弱いであろう。その結果が現当主の突然の病気であり、イシス暗殺未遂である。

このままではオルンの街とあの少女が、ヒザン帝国の手に落ちるのも時間の問題であろう。

——そう、誰かが知恵を貸して助けてやらなければ。

◇

◇

「用事を思い出した、ガトンのジイさん。先に帰る」

「ああ、そうかい。ワシらはまだ飲んでいく……頼んだぞ、小僧」

二人の山穴族の老人を酒場に置いて、オレは店を後にするのであった。

酒場を出たオレは夜風に当たるように、路地裏を経由して宿へ戻る。交易都市として栄えているオルンの夜は、活気に満ちていた。だが一本裏通りに入れば人通りも少なく静かだ。そんな中一人で安全に出歩けるのも、イシスや太守府が頑張っている証拠であろう。

（ん、あれは……）

寝泊まりしている宿の前に気配を感じて、オレは足を止める。念のため護身用のナイフを確認する。

「……どうした、こんな時間に？」

「夜分遅くに申し訳ありません。実はヤマトさまを、お待ちしておりました」

宿屋前の路地にいたのはイシスであった。この下町に似つかわしくない上等な服を着て、路地裏に一人でポツンと立っている。

「一人で待っていたのか。いや、今度は護衛付きか」

「はい。近衛騎士に付いてきてもらいました」

待っていたイシスは一人ではなかった。少し離れた場所に、帯剣した警護の騎士がいる。屋敷に駆け付けた近衛騎士の一人で、リーンハルトと呼ばれていた青年。鋭い視線でオレを睨んでいる。

「リーンハルトは中原で最強の騎士称号《十剣》《テン・ソード》のうちの一人です。信頼しています」

「ああ、そのようだな」

オレの目から見ても、リーンハルトという男はかなりの腕前である。歳は自分とそんなに違わないはずだが、既に歴戦の剣士としての貫禄があった。屋敷で見た騎士たちの中でも、断トツの剣の使い手なのであろう。

「いったい何の用だ？」

遠回しな会話が苦手なオレは用件を問う。太守代理は激務である。こんな下町にわざわざ出向く暇は、今のイシスにはないはずである。

「実は……〝三個《さんこ》の礼〟の一個目を、渡しに参りにきました」

「三個の礼……だと？」

「はい、その三個の礼です！　その一個目であるオルン名物の、この果物を持って参りました」

そう言いながらイシスは、真っ赤な果実を手渡してくる。食欲をそそる甘酸っぱい香りの果実。あと数日もあれば完熟して食べ頃であろう。

これは太守府の中庭で、彼女が丹精込めて育てている果実でオルン名産だという。彼女も幼い頃から大好物らしい。

（どうやら〝三顧《さんこ》の礼〟と〝三個《さんこ》の礼〟を間違えているのか……）

断るためにオレが言った方便を、彼女は勘違いしていた。

勘違いしているイシスはこれから三日間、毎日一個ずつ〝オルンの素敵なモノ〟を持ってくると口にしている。

「なるほど。だがオレは軍師になるつもりはないぞ」

「はい、それは諦めました」

「諦めた……だと？」

「はい。ヤマトさまにオルンを知って欲しい一心で参りました」

イシスは真剣な瞳で語る。

残り滞在が数日になったオレに、少しでもこの街のことを知って欲しいと。そして少しでも好きになって欲しい。そのためにはオルンの魅力を知ってもらうのが一番だと、彼女は語る。

とても冗談を言っているようには見えず、イシスは本気の眼差しであった。

「ずいぶんと不思議なことを言うな」

「はい……よく言われます」

「とにかく今宵は遅い。帰れ」

いくらか護衛の騎士がいるとはいえ、彼女は太守代理の地位に就いている。特に今は微妙な情勢であり、夜間の外出は好ましくない。そして寝る間も惜しんで政務に明け暮れるイシスに、無理をさせたくなかった。

「心遣いありがとうございます。明日も、また来てもいいですか、ヤマトさま？」

「……勝手にしろ」

「はい、ありがとうございます！」

ぺこりと頭を下げて、イシスは嬉しそうに立ち去っていく。その姿には何の打算もないと思えた。

（やれやれ……調子が狂うな……）

不思議なペースに巻き込まれ、オレは内心で苦笑いをする。これまでに接したことのないタイプの少女に対して、どう対応すればいいのか。人付き合いの苦手な自分には、難易度が高い。

「おい、ヤマトとやら……」

イシスが立ち去った、その時である。凄みのある声が飛んできた。声の主は近衛騎士リーンハルト。剣は抜いていないが、凄まじい殺気でオレを睨《にら》んでくる。

「私はキサマのことは認めていない」

どうやら宣戦布告のようである。自分の主イシスが特別視するオレに、敵対心をむき出しにしていた。

「認めてもらう必要性はない」

「何だと……キサマ！」

「早く追わないと、イシスがまた一人になって危険だぞ。じゃあな」

勝手な敵対心を持たれるのは、勘弁して欲しい。激昂する騎士を無視して、オレは宿屋へと入っていく。

（やれやれ……それにしてもずいぶんと感情的だな……）

リーンハルトは剣の腕は立つかもしれないが、精神的にはまだ若い。冷静さを保てない者は国家間の争いで、いつか必ず危険に陥る。

◇

◇

「ヤマトさま、おかえりなさいませ」

宿の玄関奥でリーシャが出迎えてくれる。

何でも子どもたちを寝かしつけた後に、イシスが宿を訪ねてきたという。ヤマトの不在を伝えると、残念そうな顔で立ち去っていったらしい。

「その後は宿屋の前で、ずっとヤマトさまを待っていました」

気になったリーシャは念のために武装して、外のイシスとリーンハルトを見守っていた。

「今宵、ヤマトさまの戻りは遅くなると、伝えたのですが……」

いつ戻るとも知らぬヤマトのために、イシスは静かにずっと待っていたという。あまりに真剣なその表情に、同性であるリーシャは心配していた。

「もしかして、何か起こるのですか、ヤマトさま?」

「大丈夫だ、リーシャさん」

心配する彼女を安心させて、先に寝かせる。そしてイシスが寒空の下に待っていた場所を、オレは見つめるのであった。

第四章　誘拐事件

ウルド露店の店休日はあっという間に終わり、商売再開の朝がやってきた。

「あれほど沢山あった商品も、あと少しですね、ヤマトさま」

「ああ、そうだな」

リーシャと共に在庫の確認をする。二台の荷馬車に満載してきた、ウルドの特産物の在庫も残りわずか。つまりオルンの街に滞在するのも、あと数日で終わる。

村に帰郷する前に、街の商品を買い込まなくては。村に戻ったら、穀物イナホン刈りの忙しい季節が待っている。

「チュース、ヤマトのダンナ！」

自称遊び人であるラックが、今朝も騒がしく来店してくる。今のところは皆勤賞である。

「リーシャちゃん、今日も可愛いっすね。おっ、その髪飾りも似合うっすねー」

「ありがとうございます、ラックさん。昨日の休日に、ヤマトさまに買ってもらいました」

「さすがダンナはセンスも一流っすね」

リーシャは新しい髪飾りを褒められて、満面の笑みを浮べる。年頃の女の子ということもあり、褒められて彼女も嬉しいのであろう。口下手なオレには真似できない、ラックの軽快な心遣いである。

「そういえば昨日、この店は休日だったんっすね、ダンナ」

「ああ、そうだ」

挨拶回りが終わり、ラックは油を売りにくる。品出しが終わったオレが、暇そうに見えるのであろう。実際に手は空いているのだが。

「昨日は皆で観光と、買い物をしていた」

「おー、なるほどっす。オルンの街は良かったっしょ、ダンナ？」

「ああ、悪くはない」

実際のところオルンは住みやすい街である。交易都市ということもあり、品物は豊富で物価も安い。また貴族社会ではないために、貧困の差は少なく治安もいい。

街の職人や商人たちは、自分たちの頑張りしだいで収入が増える。そのために誰もが努力を惜しんでいない。そんな活気ある街であった。

「これもイシスさまが頑張っている、おかげっす！」

「どうしても〝そこ〟に持っていきたいのか？」

「えへへ……バレちまいましたか」

ラックはオレにオルンの街を気に入って欲しいのであろう。困っている太守代理の少女を、手助けして欲しいのである。

「あれ、そういえば……ダンナのその花は？」

「ああ、これか。これは昨日イシスに貰った」

オレの胸元に差してある花飾りの説明をする。

これは〝三個《さんこ》の礼〟の二つ目のプレゼントとして、イシスから貰った物だと。

彼女が育てている花で、幸運を司《つかさど》る花であると。

男である自分が花を身につけるのは、正直なところ恥ずかしい。だが昨日の彼女の真剣な表情を思い出すと、すぐに外す訳にいかない。

「あちゃー、そっすか……でも未婚の男女間で、その花の受け渡しには〝求愛〟の意味があるんっすけど……まあ、イシスさまも、ああ見えて天然なところがあるので……でも、ダンナも色恋には鈍そうだし……」

ラックは何やらブツブツと呟いている。

「何か言ったか、ラック？」

「いや、何でもないっす！」

その時である。ウルド露店に新しい客がやってきた。店の前でウロウロしていたラックに、危うくぶつかりそうになる。

「いらっしゃいませ！」

売り子のリーシャと子どもたちは、元気な声で客を出迎える。店は今日も朝から繁盛の予感だ。

「ほう、山穴族の鍛冶物か……」

その客は他の品物には目もくれず、露店の端に向かう。そこはガトンの鍛冶商品が並ぶ場所だ。

「ふん、客か」

「ああ、客だ」

頑固なガトンは不愛想な顔で接客する。客はそれに臆《おく》さない、かなりの物好きなのであろう。並んでいる刃物を手に取り、じっと見定めている。

（変わった客だな……）

それをオレは静かに観察する。客をまじまじと見ることはタブー。ゆえに相手に気がつかれないように気配を消す。

（傭兵……いや、騎士か……）

客は帯剣しているが、普通の騎士ではない。とにかく全てが大きく、周りの人目を引く存在感であった。

（野獣のよう気配……そして大剣使いだな……）

鍛え上げられた見事な巨軀《きょく》に、野獣のような眼光の持ち主。使い込まれた大剣を背負った姿は、歴戦の戦士の覇気《オーラ》を発している。

（〝かなりの腕前〟だな）

オルンに来てからオレがそう感じたのは、この男で二人目である。

ちなみにこれまで街ですれ違った騎士や傭兵たちは、全て〝普通〟。残念ながらそれ以上の腕前の者はいなかった。

一人目は近衛騎士リーンハルトである。《十剣《テン・ソード》》のうちの一人という肩書の通り、あの男の剣の腕前はかなりのものであろう。

（リーンハルトを〝正規の剣〟としたら……この男は〝野獣の血剣〟か……）

早朝の市場《バザール》にいながらも、大男からは血のにおいがしていた。森に巣食う凶暴な肉食獣と同じ危険な香りである。


「おい、山穴族のジイさん」

「ふん。何じゃ」

品定めが終わった大剣使いは、店番のガトンに声をかける。ガトンの頑固で不愛想な接客を、気にしている様子はない。

「ジイさん、いい腕をしているな。オレさまの専属鍛冶師にならんか？」

何と大剣使いはガトンをスカウトし始めた。その内容は『自分の領地に移住して、専属の武具を作れ』というものであった。その言い分はかなり高圧的で自分勝手である。

だが目玉が飛び出るような高額の報酬を提示していた。死ぬまで贅沢な暮らしができる金額である。

「ふん。悪いがワシは〝人殺しの武器〟は作らん」

だが誘いをガトンは即座に断る。誰かを守り、生きるための道具しか打たない主義だと返答する。

少し矛盾している部分もあるが、彼ら山穴族はこうした独自の信念を持っていた。

「そうか、なら仕方がねえな。ジイさん」

大剣使いは思っていた以上に、危うく荒事になる雰囲気もあったが簡単に引きさがる。気配を消しながら警戒していたオレは、心の中で安堵の息を吐く。


「だが……そこの姑息野郎はダメだ！」

大剣使いがそう口を開いた時である。手元でキラリと危険な物体が光る。そして次の瞬間、鋭利な投擲物《とうてき》がオレに襲いかかる。

（くっ!?）

オレは間一髪でそれを避《よ》ける。ガトン特製のナイフ。つい先ほどまで大剣使いが見ていた商品であった。反応が一瞬でも遅れていたら、刃先は間違いなく自分の脳天を貫いていた。

（冗談ではなさそうだな……）

本気の攻撃であった。何の予備動作もない男の投擲術と、オレの無音の回避術。目の前で店番をしているガトンですら、まだ気がついていない。

「ほう……これを躱《かわ》すのか。テメエ、ただの目つきの悪い商人じゃねえな？」

ナイフを回避したことに、大剣使いは驚いていた。むしろ口元に獰猛《どうもう》な笑みを浮べている。

「オレは普通の商人だ。それに目つきは生まれつきだ」

少し離れた所にいる大剣使いに、オレは正直に答える。人付き合いが苦手で、目つきが悪いことは自覚している。

「それに目つきが悪いのはお互いさまだ」

大剣使いも顔立ちは整っているが、野獣なような鋭い目つきだ。人のことは言えないとオレは言い返す。

「はん、おもしれぇ！　命令で嫌々オルンに来たが……面白い男に会えた！」

男は満足そうに笑みを浮べる。その眼光は鋭く、こちらを射貫《いぬ》くように見つめてくる。

「オレさまはヒザン帝国のバレスだ。テメエは？」

「ウルド村のヤマトだ」

正々堂々と相手に名乗られた以上、こちらも答える。これは日本男児としての誇りであり、オレの意地であった。

「ウルドのヤマトか……覚えておくぞ」

そう言い残し帝国の騎士バレスは、市場《バザール》を立ち去っていく。その口元には獲物を見つけた肉食獣のような笑みがあった。

◇　　◇

帝国の大剣使いが立ち去ってから、半日の時間が過ぎる。初秋の午後の日差しが降り注ぎ、市場《バザール》は買い物をする市民で賑わっていた。

早朝に思いもよらぬ来客があったが、その後の店の売り上げは本日も好調。客足も落ち着き、品出しをしていたオレも一段落する。

「リーシャさん、この後の店番を頼む」

「はい、分かりました。あの女性……〝イシスさま〟との待ち合わせの時間ですね」

「ああ、そうだ」

オレはイシスと約束をしていた。そろそろ彼女が迎えに来る時間である。〝三個の礼〟による彼女からのプレゼントも、今日で三個目になる。

「ヤマトさまがイシスさまと会うのは、今日で最後なのですよね？」

「ああ、そういう約束だ」

一昨日はオルン名産の果物であり、昨日は幸運の街の花であった。その約束も今日で最後。今となっては、さっぱりしたような、少し寂しい感もある。

「最後なら……いいです……」

「どうした、リーシャさん。気分でも悪いのか？」

「いえ、何でもありません！」

気のせいかもしれないが、リーシャは少し不機嫌になっていた。もしかしたらイシスとはソリが合わないのかもしれない。

女性同士の仲は、男である自分には理解できない領域である。その件に関してはあまり触れないでおこう。

そんな時であった。

「ウルドのヤマト！」

オレの名を大声で叫ぶ者が、市場《バザール》に現れる。その声には聞き覚えがあり、少なくとも危険人物ではない。

「ここだ、リーンハルト」

「そんな所にいたのか、ウルドのヤマト！」

大声を出していたのは近衛騎士リーンハルトであった。

オレは声をかけ自分の存在を知らせる。そうしなければリーンハルトは、全ての店を探し回る勢いであった。それほどまでに血相を変えている。

「どうした？」

「くっ……やはり、いないのか!?」

オレとウルド露店の周囲を見回し、リーンハルトは落胆した表情となる。明らかに誰かを捜している様子であった。

（まさか……）

その顔つきから、オレの脳裏に一つの仮説が浮かび上がる。

「いなくなったのか？」

「ああ……目をはなした一瞬だった……」

周囲の市民に悟られないように、リーンハルトは言葉を選んで発する。だが返事の内容だけで、オレは全てを察する。

（イシスが誘拐された……？）

「ここは人目がある。裏に移動するぞ」

「ああ、分かった……」

詳しい話を聞くために場所を移動する。ウルド露店の裏側に止めた荷馬車の陰。ここなら人通りもなく、誰かが来てもすぐに察知できる。


リーンハルトと二人きりになり、消えたイシスの話を続ける。

「イシスが消えたのは、どのくらい前だ？」

「キサマ、イシスさまを呼び捨てに！」

「今はそれどころではないだろう」

「……ああ、そうだな」

まずは彼女が消えた時の詳しい状況を確認する。もしかしたら何かヒントがあるかもしれない。

「少し前だ……侍女の一人と消えた」

「内通者がいたのかもしれないな」

「ああ……今思うとそうかもしれない……くそっ」

リーンハルトは悔やんでいるが、内通者がいたのなら防げない場合もある。ここに来る情報も相手側に漏《も》れ、そのタイミングを狙われたのかもしれない。事前に綿密な計画を立てた何者かが、実行した計画的な誘拐であろう。

「犯人はヒザン帝国か」

「十中八九はそうであろう……だが今のところ証拠はない……」

騎士であるリーンハルトは、言葉を濁して答える。

証拠がないため明確に犯人を言えないのは、公に仕える騎士の辛いところだ。特に今回の相手は強国のヒザン帝国である。

「狙いはイシスを〝交渉の道具〟として使うつもりか」

「その可能性は大きい……」

太守代理の少女を金銭目的で狙うのは、リスクが大きすぎる。それなら商家の子どもを狙った方が、相手には割はいいはずである。

となると誘拐犯はイシスを、外交道具として狙っていたことになる。それは間違いなくオルンを狙っている帝国であろう。

「オルン太守府と近衛騎士団の対策はどうしている、リーンハルト？」

「既にオルンにある帝国に関係ある商館と大使館には、騎士団を向かわせている。だが……」

「治外法権でまだ手は出せないか」

「ああ。貴族の位を持つ商人には迂闊に手は出せない」

「だろうな」

イシスの監禁場所として一番怪しいのは、ヒザン帝国の大使館か商館である。だが大商人の中には、自国の貴族の爵位を金で買った者もいる。そういった者たちには治外法権が発動し、証拠がなければ強引な捜査はできない。

オルン側としては相手を刺激することなく、イシスの身の安全を優先したい。城壁の中であれば、法が適用されるオルン側がまだ有利であった。

「ヒザン関連の建物は全て、包囲するように指示は出している」

「イシスが〝まだ〟街の中にいればの話だがな」

「バ、バカな!?　まさか、そんな……」

オレの仮説にリーンハルトは声を荒らげる。街を囲う城壁の検問は厳しい。太守代理であるイシスを外に連れ出すのは、不可能であると答える。

「ヤマトのダンナ！」

その時であった。オレの名を呼ぶ新たな者が、また近づいてくる。

「ラック、オレはここだ」

「ダンナ、こんな所に！　ダンナ、大変っすよ……おっと……」

駆け込んで来たのはラックであった。オレといたリーンハルトの顔を確認して、口に出しかけた言葉を止める。

「イシス関連か？　それなら言っても大丈夫だ」

「そうなんっす！　ダンナ、大変っす！　拉致されたイシスさまが、さっき、街の外に運ばれて行ったっす」

「そんな!?　これほど早く、どうやって城門の検問を!?」

ラックの報告に、リーンハルトは思わず声を張り上げる。それほど想定外のことであった。

「馬糞《ばふん》運び屋に偽装した荷馬車で、街の外に連れ出されたみたいっす……」

ラックは詳しい情報を報告してくる。それを目撃したのは街で馬糞拾いを生業にしている孤児。見慣れない御者の乗った荷馬車が、何気ない顔で東門から出ていった。

孤児は不審に思って、城門の外にまで尾行していったという。危険はあるが秘密の情報は、時に金になる。

そして気絶した女性が、別の馬車に移されたのを目撃する。何頭もの馬に引かせる豪華な馬車。そして護衛の騎兵隊と共に、馬車は東の方向へ走り去っていった――

「特徴からその女の人は、イシスさまに間違いないっす」

ラックは情報を聞きつけ、一番に買っていた。ちなみに孤児には口止めをしており、情報が漏れる心配はないという。

「ラック、よくやった」

「へい。でも、どうしますか、ヤマトのダンナ？　早くしないと……」

「ああ、イシスを乗せた馬車は、オルンの国境を越える」

馬車がオルンの領内から出て行けば、こちらはもう手出しができない。そうなればイシスは国家間の外交の道具として、その命を弄《もてあそ》ばれてしまう。

「今から騎士団の追撃隊の編成はできるか、リーンハルト？」

「こ、これから太守府に行くが……だが、それからでは……」

全ての情報を整理しながら、リーンハルトは言葉を失っている。なぜなら今から追撃隊を組織しても、イシスを乗せた馬車に追い付けない。リーンハルトはそこまで思い至り絶句していた。

「くそっ！　私は……騎士失格だ……」

近衛騎士にあるまじき下品な言葉で、リーンハルトは自分の悔しさを吐き出す。自分の職務の失態を恥じているのではない。幼い頃から仕えてきたイシスの未来を、守れなかったことを悔やんでいた。

「お前にとってイシスは、それほど大切な存在なのか。リーンハルト？」

まるで魂の抜け殻となっていた騎士に、オレは尋ねる。その地位と名誉を捨ててまで、彼女を助けに行く覚悟があるかと。

「当たり前だ！　あの方の未来を守れるなら、私は全てを失ってもいい！」

その言葉に嘘はなかった。栄えあるオルン近衛騎士の紋章を、リーンハルトは剝ぎ取り握りしめる。それを捨てるということは、オルンの騎士を辞めることと同義であった。

「いい眼だ、リーンハルト。その覚悟があるならオレを手伝え」

「なっ……ヤマト……お前、いったい何を……」

リーンハルトは理解ができずに、啞然《あぜん》としていた。だが、そんな騎士を無視して、オレは身体の向きを変える。

「皆、ちゃんと聞いていたか？」

誰もいないはずの空間に向かって、オレは尋ねる。今は時間が惜しいので、二度目の説明はしたくない。

オレの声に反応して、人影がぞろぞろと姿を現す。リーシャと村の子どもたちが、物陰に隠れて聞いていたのであった。

「申し訳ありませんでした……ヤマトさま」

「何だ、バレていたのかよ、ヤマト兄ちゃん！」

「さすがだね！」

「なっ……コイツらはいつの間に……」

気がついていなかったリーンハルトは、再び言葉を失う。だがオレは気がついていた。心配したリーシャたちが、今までの会話を盗み聞きしていたことを。

これで皆に事情を説明する手間が省けた。

「〝野郎ども、仕事の時間だ〟」

オレは荒々しい口調で命令する。これは普段は使わない偽装用の合図であった。

「へい、ヤマトのアニキ！」

「今回の獲物は何ですかい、アニキ！」

子どもたちも荒くれ者のように返事する。オレの意図が一瞬で理解できる、頼もしい表情である。

「今回の獲物は……オルンの姫さまだ！　いくぞ、野郎ども！」

「「へい！　ヤマトのアニキ！」」

今から約一年前。大陸北部に突如として現れた、謎の武装集団。その者たちは圧倒的な戦闘力で、風車小屋にいた山賊を瞬時に壊滅させたという。

武装集団の名は〝山犬団《やまいぬ》〟。

そして捕われの少女を助けるために、彼らは再び出陣するのであった。

第五章　高速荷馬車戦闘

「ブタンツさま。もう少しでオルン領外の中立地帯に到達します」

　護衛の傭兵団長は騎馬で並走しながら、馬車内の主ブタンツに報告する。もうすぐ目的地であるオルン国外に脱出できると。

「うむ、分かった。それからワシはヒザン帝国の貴族商人である、ブタンツ子爵であるぞ。〝ブタンツ卿〟と必ず呼べ！」

「はい……ブタンツ……卿」

　傭兵団長は渋々、ブタンツに敬称をつけて返事をする。最初から高圧的なブタンツに好感はもっていない。

「ふん、まあよい。この小娘を帝都まで連れて帰ったら、ワシの地位も更に上がるというものじゃ……うひひ」

　揺れる馬車の中で、ブタンツは上機嫌であった。その口元には狡猾《こうかつ》な笑みが浮かんでいる。そして隣の席には薬によって眠らされている少女がいた。彼女の名はイシス。誘拐したオルン太守の実娘である。

「ここまで経費はかなりかかったわい。この小娘には倍にして回収させてもらわんとな！　ウッヒヒ……」

　貴族商人であるブタンツの裏の顔は、ヒザン帝国の潜入工作員であった。本来受けていた命令は、数年後にむけてのオルンの情報収集と混乱工作。だが太守代理の少女の存在を知り、独断で誘拐を企てたのだった。

「後は馬車に座っているだけの、簡単な仕事じゃい……」

　この高速馬車はもうすぐオルン領を脱出する。そして中立地帯で帝国の正規軍と合流して、帝都まで悠然と帰国すればよい。イシス誘拐の成功によって、皇帝陛下も恩賞を弾むであろう。

　眠っている少女が、今後どんな末路を辿るかなど知ったことではない。

「ブタンツ……卿。後ろから〝何か〟が追ってきます」

「あん？　何だと？」

　傭兵団長がおかしな報告をしてくる。何者かが街道を走る自分たちを、後ろから追って来ていると。

「オルン騎士団か!?　いや……これほど早く出陣はできないはずだぞ……」

　ブタンツが一番警戒していたのは、オルン軍の追撃である。だが事前に大金を注ぎ込んで、ブタンツは工作をしていた。オルン正規兵はまだ出陣できないはずである。

「あれは……薄汚い荷馬車が一台に……騎馬が数騎……たぶん盗賊団あたりですな」

　遠目の利く傭兵団長は、不安顔のブタンツにそう報告する。それ以外の戦力は他に見えないので、取るに足らない相手だと分析する。

「何だ、賊か。追いつかれると面倒じゃい……おい、全部消せ！」

「了解した……おい、十騎ほどついてこい。暇つぶしの時間だ！　はっ！」

並走している自分の部下に、傭兵団長は指示を出す。それに従って傭兵騎馬隊は陣形を成し、後方に展開していく。

「気に食わん傭兵団だが、腕はたしかだ。これで一安心だ」

相手はどこの盗賊団か知らないが、所詮は素人の集まりであろう。

それに比べてこの傭兵騎馬隊は、兵士団崩れの戦闘のプロ。その安心料もあり、ブタンツは彼らに大金を支払っていた。

「おっ、始まったか。ふん、金の分は働いてもらわんとな……」

追ってくる荷馬車に、騎馬傭兵が襲いかかるのが見える。その光景に満足したブタンツは、また馬車の席に戻る。血を見るのは嫌いではないが、金勘定の方が好きであった。

「バカな盗賊だな……ん？」

だがブタンツはそこで、あることに気がつく。

「なぜ……あの荷馬車は……あれほど速度を出せるのだ……？」

普通の荷馬車はそれほど速度を出せない。多くの荷物を運ぶために、安定性や速度を犠牲にしているからだ。

そして今回の自分が乗っているこの馬車は、特殊な高速車輌である。金に糸目を付けずに帝都の職人に作らせた、貴族商人である自分専用。馬も四頭立てで、普通の荷馬車には追い付けない速度性能を誇る。

「こちらの速度がいつの間にか落ちていた……いやそんなことはない……」

馬車を操る御者台の部下に視線を送るが、速度を落としている様子はない。むしろ四頭の馬を必死で操っている。

それならばなぜ、あの薄汚い荷馬車は追いついてくるのか。用心深いブタンツは様々な可能性を考えるが、結局答えが見つからず、視線を再び小窓の外に向ける。

「ん……？　……な、なっ!?」

そして思わず声をあげる。何とその荷馬車が追い付いてきたのである。先ほどよりも更に加速して、こちらに並走する勢いであった。

「なっ、傭兵団長たちは……ど、どこにいったのじゃ!?」

馬車の中でブタンツは叫ぶ。先ほどの傭兵団長と十騎の姿が、どこにも見当たらない。まさかの裏切りかと思いブタンツは、視線を後方に移す。

「バ、バカな!?　……ぜ、全滅じゃと!?」

後方に視線を向けてブタンツは絶叫する。後方の草原で、傭兵団長たち十騎は全滅していた。誰もが頭部や身体を矢で吹き飛ばされている。

そうしている内に荷馬車が更に近づいてきた。

「オレたちは盗賊団だ。命が惜しかったら停車して、荷をよこせ」

ブタンツに向かって、相手は降伏を勧告してきた。馬車内にある金品や女を全てよこしたら、ブタンツの命は見逃すと言ってくる。

「ふん！　ワシを誰だと思っておるのじゃ！　大貴族で大商人であるブタンツ子爵じゃ！」

「すまない。勉強不足で知らない」

「なっ!?　殺せ！　コイツらを皆殺しにしろ！」

ブタンツは顔を真っ赤にして、残る傭兵の副団長に命令する。不気味な相手だが、こちら側にはまだ三十以上の騎馬傭兵が残っていた。

この物量差なら圧倒できると、馬車内のブタンツは確信していた。


「交渉決裂だ。山犬団、いくぞ！」

「「へい！　ヤマトのアニキ！」」

こうして山犬団ことウルド荷馬車隊は、ブタンツに襲いかかるのであった。


「馬車の中にイシスがいた。まずは周囲の騎兵を黙らせる」

オレは皆に号令を下す。連れてきたのは荷馬車のウルドの子どもたち、そしてハン馬で並走するハン族の子どもたちである。

「分かりました。ヤマトさま！」

御者台の隣にいたリーシャが返事をする。前回の風車小屋の時と同じで、彼女も口元を布で隠していた。この完璧な変装ならオレたちの正体は、誰にも気がつかれないだろう。

「まず減速して、馬車と距離をとれ」

「分かりました、ヤマトの兄さま！」

相手の陣形を読んで、荷馬車を操る少年に指示を出す。ハン族独自の見事な手綱さばきで、減速しながら相手との適正な距離をとる。

「ハン族は荷馬車を引かせても、たいしたものだな」

「大草原の荒れ地に比べたら、こんな街道は軽いものです、兄さま！」

草原の民である彼らは生まれた時から馬と慣れ親しみ、荷馬車も手足のように扱うことができる。

こちらは二頭立ての農村荷馬車で、相手は四頭立ての貴族馬車。馬力は相手が上に見えるが、こちらは大陸でも名高いハン馬の二頭立てである。その掟破りの圧倒的な馬脚で、ここまで爆走して追い付いた。


「よし。この距離で戦闘開始だ」

「了解！　ヤマト兄ちゃん！」

イシスを戦いに巻き込まないために、相手の馬車と一度距離をとる。残りの騎馬傭兵を全て片付けてから、彼女を救出する作戦であった。

「ヤマトのダンナ。コイツらは中原では有名な傭兵団。気をつけるっす！」

「ああ。お前は隠れておけ、ラック」

荷馬車の荷台からラックが警告してくる。情報通のラックは案内人として連れてきた。その情報によると相手は、金で何でも請け負う違法な傭兵団だという。ということは手加減も必要ない。

「ヤマト兄ちゃん！　囲まれたよ！」

後方の荷台の少年から報告が飛んでくる。自分たちを殲滅するために、二十騎の騎馬傭兵が襲いかかってきた。それ以外にも敵の残りは、ハン族の子どもたちを追撃している。

「全員、斉射の構え！」

「姉ちゃん、了解！」

リーシャの号令と共に、荷台の幌《ほろ》内の子供たちは弩《クロスボウ》を構える。今回オルンに連れてきた、子どもたちの数は多くはない。そのためギリギリまで相手を引き付ける必要がある。

「ダ、ダンナ！　相手が先に射てきます！」

荷台にいたラックが悲痛な叫びをあげる。ギリギリまで引き付けたために、相手の騎馬傭兵が先制で弓矢を発射してきた。

「大丈夫だ。落ち着け、ラック」

「で、でも……っす!?」

ラックが恐怖で叫んだのも無理はない。周囲を雨避けの幌に覆われているとはいえ、その素材は薄い革製である。普通なら矢は軽く貫通して、中にいる者は矢のハリネズミとなってしまう。

だがこのウルド荷馬車は〝普通〟ではない。

「オレの設計と、ガトンのジイさんの腕を信じろ」

「了解っす！　うおっ、くるっす！」

そんなやり取りをしていると、傭兵たちの矢が到達する。荷台の幌に相手の矢が次々と命中。豪雨のような矢の雨が降り注ぐ。

だが荷馬車にいる誰もが、全くの無傷であった。

「おお！　凄いっす！」

相手の矢が一本も貫通していないことに、ラックは感動の声をあげる。

「だから言っただろう。この幌に普通の矢は通らない」

荷馬車の幌の素材は〝ウルド式・霊獣合皮〟。これは今年の春にオレが発案して、ガトンが仕上げた品であった。

岩塩鉱山の霊獣の硬皮《こうひ》と、金属を混ぜ合わせて作った特殊合皮。軽さと防御力を兼ね備え、幌は普通の矢は通さない。そして荷馬車を引く二頭のハン馬も合皮で覆っており、完璧に防御していた。

「バ、バカな!?」

「矢が弾《はじ》かれる……だと……」

一方で攻撃をした騎馬傭兵たちは、言葉を失っていた。なぜ自分たちの矢が完璧に防がれたか、理解できないのである。

「今です！　撃て！」

その隙を見逃さないリーシャの、凛《りん》とした号令が街道に響く。荷台の小窓が一斉に開き、弩《クロスボウ》隊の斉射が全方位に火を噴く。

狙うは不用意に接近しすぎた傭兵たち。金属板すら貫通するウルド式の弩《クロスボウ》は、一撃で相手の命を奪っていく。

「ひっ、何だ、これは!?」

「わ、悪い夢でも見ているのか!?」

傭兵たちは混乱に陥っていた。自分たちの攻撃は全く通じず、逆に相手からの火を噴くような反撃。その信じられない状況に隊列が乱れていた。

「二射目、用意……撃て！」

優秀な狩人であるリーシャは、その隙を見逃さなかった。怒濤《どとう》の追撃を仕掛ける。

「ひっ、もうダメだ！」

「退避！　退避だぁ！」

数度の斉射を受けて、騎馬傭兵は壊滅寸前となっていた。運よく生き残った傭兵たちは、悲痛な叫びと共に逃げていく。

「待て、貴様ら！　どこへいく!?　ワシを守れぇ！」

「うるせぇ！　テメェも頑張りな！」

「おい、構うな。早く逃げるぞ！」

護衛たちの逃亡に、馬車内のブタンツは絶叫して命令する。だが従う者は誰もいない。敵前逃亡は傭兵にとって重大な契約違反。だが誰もが金よりも自分の命が大事である。

高圧的なブタンツのために、命をかける傭兵は誰もいなかった。

「そ、そんな……バカな……」

疾走する馬車の小窓から戦況を確認して、ブタンツは絶句している。何しろ残るは自分が乗っている馬車一台だけ。それに比べて相手は全くの無傷。

つい先ほどまであった圧倒的な戦力差が、ほんの一瞬で逆転されていた。信じられないその現実に、ブタンツは顔を真っ青にしている。


「リーンハルト、今だ」

その隙をつき、オレは次の号令をかける。指示を出す相手はリーンハルト、密かに迂回させていた。

「馴れ馴れしく呼ぶな、ヤマト！」

叫びながら伏兵リーンハルトは姿を現す。草原の丘から愛馬と共に飛び出し、見事な手綱さばきで馬車に突撃していく。狙うは相手の御者台の占拠。並走しながら馬車に飛び乗り、あっという間に御者台を占拠する。

さすがは中原でも最強の騎士称号《十剣《テン・ソード》》のうちの一人。だが今はイシスを助けるために、全ての地位と名誉を捨てていた。

「よし……どうどう……」

占拠したリーンハルトの手綱さばきで、馬車はゆっくりと停止する。生き残った騎馬傭兵は既に退散しており、馬車を守る者は誰もいない。残るは馬車内に乗っているブタンツと、せいぜい従者だけであろう。

「警戒はまだ解くな」

オレはウルドの荷馬車を停車させ、リーシャたちと共に街道に降りる。念のためハン族の軽弓騎兵には周囲の巡回を指示しておく。

「降伏して積み荷を全て引き渡せ。そうすれば命だけは助けてやる」

盗賊団の頭らしくオレは強迫する。自分たちは口元を布で覆い変装しているために、相手に正体はバレない。

あくまでも普通の盗賊団が豪華な馬車を襲い、『積み荷と一緒にイシスを奪っていった』と思わせる必要がある。これなら今後も誰にも迷惑はかからない。

「降伏じゃと……ウッヒヒ……」

停止した馬車からブタンツが、扉を開けて降りてくる。勝ち目がないこの状況にも拘わらず、勝気で下品な笑みを浮べていた。まるで自分の勝利を確信している表情である。

「降伏しろ。そうすれば命だけは助けてやる。これが最後だ」

オレはブタンツに最後の勧告をする。無用な殺生はしたくないが、場合によっては仕方がない。

「ウッヒヒ……ようやく〝目を覚ました〟。……これでワシの勝ちじゃ……」

だがブタンツは何やらつぶやき、余裕の表情をしている。完全敗北を前にして、錯乱でもしたのであろうか。

「仕方がないな。ならば、その命をもって……」

ブタンツを仕留めようとした、その時であった。

（くっ……この殺気は!?）

凄まじい殺気を感じたオレは、ブタンツに近づくのを止める。

「全員、散開！」

馬車を包囲していた弩《クロスボウ》隊の子どもたちに、緊急の指示を出す。今すぐに全力でこの場を退避せよと。

「えっ!?」

「と、とにかく逃げなきゃ……うわーっ！」

子どもたちは間一髪で退避する。だが想定外の凄まじい爆風を受けて、吹き飛ばされてしまう。

受け身でダメージを減らしており、何とか全員無事である。

だが、たった一撃でこちらの包囲網は崩された。

（これが……人の手による破壊力だと……）

頑丈な街道の石畳が、クレーターのようにえぐれていた。信じられないその光景に、オレは少なからず衝撃を受ける。

「ほう。人が寝ている間に、楽しそうなことになっていたな……」

その破壊の痕を生み出した当事者が、ゆっくりと姿を現す。その言葉からこれまでは馬車内で寝ていたのであろう。かなりの肝の据わった剛の者である。

先ほどの爆風を放ったのは、馬車に乗っていた大剣使い。鍛え上げられた太い腕には、使い込まれた大剣が握られていた。

(この殺気は……やはりこの男か……)

覚えのある殺気の持ち主と、降りてきた男が一致する。

「ほう……テメェはたしか……？」

オレの姿を確認して、その大剣使いは口元に笑みを浮べる。印《マーキング》をつけた獲物と再会した、肉食獣のような危険な笑みであった。

(まさか護衛として、この馬車に乗っていたとはな……)

「ウルドのヤマトか……会えて嬉しいぜぇ」

現れたのは帝国の大剣使いバレス。その不敵な笑みを見て、オレの背筋に嫌な汗が流れる。

◇　◇

バレスの登場で、場の空気は一変する。

戦力的には相手は一人。対するこちらは数で勝り、圧倒的に有利なはず。だがバレスの放つ危険な覇気《オーラ》に、荷馬車隊の誰もが押されていた。

「ウルドのヤマトか……会えて嬉しいぜぇ」

周囲を完全に包囲されながらも、バレスは余裕の態度。オレの全身を眺めながら笑みを浮べている。

「オレは盗賊団〝山犬団〟の頭領の……ヤマトだ」

「あん、人違いか？　まあ、どっちでもいい。お前みたいな強そうなヤツに出会えて、嬉しいぜ……ヤマトとやら」

会話をしながらも、相手の間合いに入らないように気をつける。

（先ほどの爆風は……爆発物か……もしくは大剣の斬撃か……）

先ほどのバレスの攻撃を見定める。理論は不明だが、あれは意図的に繰り出した攻撃であった。

そんなバレスに気圧《けお》されて、この場にいる誰もが動けずにいた。

「アニキ、助太刀するぜ！」

その時である。バレスの背後から、ウルドの少年が弩《クロスボウ》を発射する。いつの間にか背後に忍び寄っていたのだ。

これは少年の独断による奇襲。動けずにいたオレを助けようと、勇気を振り絞ってのことだろう。

「あん。何だ、こりゃ？」

だがバレスに届く前に、その矢は弾き返されてしまう。大剣から旋風が巻き上がり、周囲を防御していた。

「邪魔をするな！　ガキが！」

好敵手との対峙を邪魔され、バレスは激怒する。怒声と共に少年に向かって、大剣を振り下ろす。

「逃げろ！」

「えっ……アニキ？」

バレスの大剣から衝撃波が繰り出される。見えない風の斬撃が、唖然とする少年に襲いかかる。

「危ないっす！」

「ラック！」

少年は間一髪のところで無事であった。稲妻のように飛び出してきたラックが、少年を抱えて助けてくれたのである。これまで見せたことのない、自称遊び人の反射神経と俊敏性である。

「ダンナ、気をつけるっす！　それは〝暴風《マッド・ストーム》〟を司《つかさど》る〝魔剣《まけん》〟っす！」

「魔剣……だと？」

ラックが口にした魔剣という単語に、オレは聞き覚えがある。たしか村でガトンが酒を飲みながら語っていた。

魔剣は今よりも文明が発達していた、〝古代の超帝国〟の時代の遺産だという。武具に不思議な力が付与され、使い手に人外なる力を授けてくれる。

今の時代では再現ができない魔剣は、王族でも入手できない品。この大陸にもわずかな数しか現存していないという。

運の悪いことにその内の一つが、目の前のバレスが持つ大剣であった。

「ダンナ、暴風《マッド・ストーム》はたしか、風の加護で飛び道具が通じないっす！　あと風の斬撃を繰り出せるっす！」

　魔剣の力を思い出しながら、ラックは忠告してきた。それで先ほどの弩《クロスボウ》が通じなかったわけか。

「ほう。コレの能力は国の機密事項なんだがな……さっきの身のこなしといい、オメエも面白いヤツだな」

「オレっちはタダの遊び人っす！」

　ラックは助け出した少年と共に、バレスの視界から退避していく。魔剣の射程が分からない状況では、普通の対人戦での常識は通じない。とにかく散開して隠れるしかない。

「ブッヒヒ……このバレスは我ら帝国でも五本の指に入る強者《つわもの》じゃい！」

　ブタンツは自慢げに説明してくる。気難しい男だが、バレスは一騎当千の強者。万が一のための奥の手の護衛であると。ブタンツは自分の圧倒的な勝利を確信していた。

（このまま戦えば子どもたちにも被害が及ぶ……）

　鋭い眼光のバレスを目の前にして、オレたちは動けずにいた。


「ヤマトのアニキ、大変だ！」

　その時である。哨戒を命じていたハン族の少年から、更に悲痛な報告がはいる。

「東からどっかの騎士団が近づいてきます！」

　その報告によると、この場所に向かってくる軍勢がいると。先ほどの騎馬傭兵とは比べものにならない膨大な数。〝真紅の軍旗〟を掲げながら完全武装の騎士団が接近してくるという。

「真紅の軍旗だと……お前らは本当に運がないのぅ！　我ら帝国の騎士団がもうすぐ来るのじゃ！　ブッウッヒヒ……」

この大陸でその軍旗を掲げるのはヒザン帝国のみである。頼もしい援軍の接近に、ブタンツは更に大きく下品な笑い声をあげる。

（あの数は……百は軽く超えるな……）

東に見える土煙の規模から戦力を量る。およそ百騎以上の帝国の騎士団が、こちらに進軍してきていた。

（これはまずいな……）

冷静に見ても厳しい状況であった。こちらはまだ無傷とはいえ、あの数相手では戦力差がありすぎる。更に目の前の大剣使いにも全く隙はない。

「リーンハルト、退却だ。皆を頼む」

状況を冷静に分析したオレは、リーンハルトに退却を指示する。自分一人をこの場に残して、荷馬車でオルンの街へ撤退しろと伝える。

「何だと、ヤマト!?　まだ馬車の中には……」

「大丈夫だ。オレが必ず助け出す。その代わり皆を頼む」

「くっ……傷一つでもつけたら、私はお前を許さない」

「ああ、任せておけ」

渋々であるがリーンハルトは命令に従う。聡明な騎士であるリーンハルトも、この状況を冷静に理解していた。

　東からは帝国軍が、すぐそこまで迫ってきている。優れた馬脚のハン馬であっても、急がなければ追い付かれてしまう。

「ヤマトさま、ご無事で……」

「ヤマトのアニキ！　必ず戻ってきてよね！」

　子どもたちも指示に従い、撤退のために荷馬車に乗り込む。


「これで邪魔者はいなくなったな、ヤマト」

「ああ。待たせたな、バレス」

「ガキを斬るのは趣味じゃねぇからな」

　荷馬車が立ち去ったのを確認してから、バレスは大剣を構え直す。おそらくはワザと荷馬車を見逃したのであろう。

（さてと……）

　改めてオレは状況を確認する。

　今この場にいるのはオレとバレス。ここから少し離れた馬車にはブタンツ。そして馬車内で意識を失っているイシスの四人だけである。

　帝国軍が到着するまでの時間は、あとわずか。それまでにバレスを倒してイシスを救い、オルンまで退却しなければいけない。

（かなり厳しいな……）

わずかな可能性しかない厳しい状況であった。だが不思議と不安は感じていない。

（背水の陣か……）

何とも説明しがたい高揚感を、自分の心の奥に感じている。この世界での初めての好敵手バレスを前に、オレの心が猛《たけ》っているのだ。

「それじゃ……いくぜ、ヤマト」

どちらかともなく歩み出し、互いの距離を縮める。

「ああ」

そのつぶやきが開戦の合図となる。オレはナイフを両手に駆けていくのであった。

第六章　獣の大剣使い

「どりゃぁあ！」

「くっ!?」

バレスの烈火のような剣撃が、次々と襲いかかってくる。信じられないことにバレスは、鉄塊のような大剣を軽々と振り回していた。二本のナイフで接近戦を狙うオレに、反撃の隙を与えてくれない。

「ならば……虚を衝《っ》く」

「ちっ、また奇妙な技を！」

だがオレも押されているばかりではない。相手の虚を衝き死角に入り込み、ナイフでバレスの急所を狙う。互いに金属鎧は着込んでいないため、急所に先に一撃を入れた方が有利だ。オレは体術とナイフを駆使して、スピード重視で臨む。

「どりゃぁあ！」

「くっ……獣なみの反射神経か」

こちらの死角からの攻撃に対して、バレスは瞬時に反応する。武器である大剣を地面に突き刺し、強引に後ろ蹴りで反撃してくる。

丸太を叩き付けられたような強烈な蹴りを、オレは身体をひねり受け流す。合気道を応用した受け流し技である。

「はん！　羽毛を蹴ったような感触か!?　面白《おもし》れぇえ！　いいぞ、ヤマト！」

「こちらは面白くとも何ともない」

「ジョークも一級品だな、ヤマトォ！」

バレスとの攻防は目まぐるしく展開される。傍目《はため》から見たら、どちらが押しているか見当もつかない激しさだろう。

（これは予想外の強敵だな……）

戦いを繰り広げながら、バレスの評価を修正していく。大剣使いであるバレスを単純なパワー型の剣士だと、オレは当初予測していた。それに魔剣の攻撃を加えただけの脳筋かと。

（蛮勇でありながら……見事な剣技だな……）

だが野獣のようなバレスの剣術には、たしかな技が組み込まれていた。おそらくこの男は血がにじむような鍛錬を、ずっと自分に課してきたのであろう。

それに巨軀《きょく》の膂力《りょりょく》が加わり、想定した以上の驚異の剣士であった。

（野生の獣が生き残るための、まさに実戦的な剣技だな……）

バレスの身体能力はずば抜けている。オレがこの世界で対峙した者の中でも、別次元の強さの持ち主であった。

（さて、どうしたものか……）

オレはそんな大剣使いを相手に、何とか持ちこたえていた。異世界で遥かに向上していた身体能力と反射神経。そして自称冒険家であった両親に、幼い頃から叩き込まれた護身術を駆使して対応している。

だがバレスの巧みな剣技と野獣のような反射神経を前に、オレは攻略できずにいた。

「オメエ……本当にスゲエな、ヤマト」

大剣を振り回しながら、バレスは笑みを浮べている。その表情に余裕があるようには見えないが明らかに心から歓喜している。好敵手との戦いを心から楽しんでいた。

「オメエほどの凄腕の剣士は、帝国でもそうはいねぇぞ……」

「オレは剣士ではない」

「そしてジョークも一級品ときたぁ！」

バレスは獣のような咆哮《ほうこう》をあげながら、更に大剣の回転速度を上げていく。かすっただけも致命傷となる大剣の動きを、オレは全神経で感じて回避する。

（……まだ強くなるのか!?）

バレスに対してもう何度目かの驚愕。ここまで自分が苦戦したのは、岩塩鉱山の霊獣だけである。

（あの霊獣と同等の……いや、手強さだけなら、それ以上だな……）

弩《クロスボウ》による飛び道具は、魔剣の力に阻まれ通じない。また卓越した剣技を使ってくる分だけ、バレスは霊獣よりも危険であった。

「はっはっはぁ！　いいぞ！　いいぞ、ヤマト！」

「くっ!?」

バレスは更に連撃の回転速度を上げてくる。

強敵と戦い興奮するほど、力を発揮する恐ろしいタイプなのか、大剣の刃先が徐々に自分を追い詰めてくる。

（奥の手を使うか……いや、まだ早い）

激しい戦闘を繰り広げながら、オレは待っていた。この劣勢を一気に逆転できるタイミングを。

バレスを倒しイシスを助け出す時を。

だが、その時までには、もう少し時間が必要。それまでにオレの両手のナイフが、持ちこたえてくれるかが勝負であった。

◇　◇

「おい！　これを見るのだ！」

その時であった。この激戦の場に相応《ふさわ》しくない、下賤《げせん》な声が響き渡る。その声の主は馬車にいたブタンツであった。

「卑《いや》しい賊め！　お前の狙いはこの小娘であろう！」

「くっ……」

まさかの光景に、オレは思わずバレスから距離をとる。バレス戦に集中していたために、ブタンツの行動を見逃していた。

「小娘の命が惜しかったら、そこを動くな、この賊め！」

少女の喉元にナイフを当て、ブタンツは強迫してきた。コイツを殺されたくなければ武器を捨てろと叫んでいる。

「ふう……」

オレは静かに息を吐き、ナイフを地面に投げ捨てる。その行動を見てブタンツは勝ち誇った顔をする。

「ヤマトさま……申し訳ございません……」

「おい、ブタンツ！　オレさまの楽しみの邪魔をするな！」

「ふん、バレス卿。貴殿はロキ殿下から『帝都に戻るまでブタンツを守れ』と書面で命令されているのであろう」

「ちっ……そうだったな」

ブタンツの言葉にバレスは顔をしかめる。二人は同じ帝国に属しているが、明確な主従関係ではないようだ。

人質をとるブタンツの卑劣な行為に、バレスは激怒している。だが〝ロキ殿下〟という人物の名が出た瞬間に、嫌々ながらも命令に従っていた。

バレスほどの勇猛を誇る騎士が、絶対的な忠誠を誓う〝ロキ〟という名の者。かなりの人物に違

いない。

「バレス卿、今のうちにその賊を切り刻め……ブッヒヒ」

「ちっ……白けたぜ……」

武器を放棄したオレを殺すように、ブタンツは命令する。バレスは嫌々ながらも従う素振りをみせる。

（くっ……この状況はまずいな……）

「ヤマトさま！　私のことは構わずに逃げてください」

人質のイシスは悲痛な声をあげる。自分のことは気にせず、一人でこの場から逃げてくれと懇願する。

「それは無理な頼みだ、イシス」

「えっ……」

「お前のことはオレが必ず助け出す……そう皆に約束したからな」

「ヤマトさま……」

思わぬ返事にイシスは言葉を失っている。この窮地でまだ自分の身が案じられているとは、思ってもいなかったのであろう。

「助け出すだと!?　き、キサマ！　この小娘の命が惜しくないのか!?」

オレの言葉に反応して、ブタンツは顔を真っ赤にして激怒する。全身を怒りに震わせて、今にも刃先をイシスの喉元に突き立てる勢いであった。

（くっ……仕方がない奥の手を使うか……）

イシスの窮地に意を決する。バレスを倒すためとっておいた奥の手を、今使うことを。

ここで使ってしまったら、同じ手はバレスには通じなくなる。だがイシスを助けるためには、出し惜しみはしていられない。

◇　◇

「ん!?」

だが、その時であった。疾風のように駆け抜けてくる気配を感じる。草原の丘を軍馬で飛び越え、何者かがこの場に飛び込んできたのだ。

「ブタンツ卿、そこまでだ」

美しくも精悍《せいかん》な声が、草原に響き渡る。その声の主は真紅の鎧をまとった帝国の騎士であった。

（バカな……早すぎる……）

内心でオレは驚愕する。帝国軍の到着にはまだ時間がかかると計算していた。予測を上回って到着したのはそのためだ。

（乗っている馬の能力か……）

騎士の乗っていた馬は見事な毛並みだった。おそらくハン馬と同レベルの名馬なのであろう。予想を上回って到着したのはそのためだ。

（そして、この騎士は……〝できる〟……）

発する覇気《オーラ》から、この騎士がかなりの腕利きであることが分かる。先ほどまで剣を交えていたバレスと同等。もしくは、それ以上の可能性もあった。

「ロ、ロキ殿下……な、なぜこんな辺境に……」

真紅の騎士の登場に、ブタンツは言葉を失っていた。先ほどまでの勝ち誇った表情は既にない。逆に顔を真っ青に染めて、今にも倒れ込みそうである。

（殿下……だと。つまりは皇帝の血族か）

殿下とはおそらく『皇帝に対する陛下より、下位の者への敬称』である。

つまりはこのロキという騎士は、皇帝の血を引く高位の者だ。それなのに後続の護衛を振りきり、たった一騎で駆けつけるとは異例である。

「ブタンツ卿、貴様に用がある。資金着服罪や勅命文書偽造などの、貴様の重罪が判明した。それで貴族懲罰権のある私が、こうして直々に来たのだ」

「なっ……そ、そんなバカな……」

「黙れ。まだ私の話の途中だ」

ブタンツの言い訳を遮り、ロキは言葉を続ける。ブタンツがこれまでに犯した罪の証拠の書類を、騎上から指し示す。

オルンの潜入工作と称して、私腹を肥やすいくつもの悪事を働いていたと。そして今回の太守代理の少女誘拐という独断行動も、帝国の外交政策に汚点を残す罪だと勧告する。

「ふーん、どうりでおかしな命令だと思ったぜ。このブタ野郎が」

バレスは鬼のような形相で、ブタンツを睨《にら》み付ける。証拠によるとバレスがオルンの街に召集されたのも、ブタンツの偽造した書類によるものであった。

「ブタンツ投降しろ。皇帝陛下から、抵抗した場合、貴様の〝処分命令〟も受けている」

「なっ……なっ……そんな……」

ロキは腰から剣を抜き、怯えているブタンツへ剣先を向ける。拒否すればすぐにでも首を斬り落としてしまう勢いであった。

貴族すらも一存で処刑できる皇族だけの権利。これがおそらく〝貴族懲罰権〟という特別な裁断権利なのであろう。

「オルンを……オルンさえ落とせば……ワシの罪も……この小娘さえいなければ……」

追い詰められたブタンツは、口をパクパクさせて混乱の極みに達していた。目の前で人質にしているイシスに、血走った眼と刃先を向ける。

「罪を重ねるな、ブタンツ！」

「ちっ、血迷いやがって！」

凶刃を無防備な少女に向けたブタンツに、ロキは叫ぶ。これ以上罪を重ねるなと声を張り上げる。バレスも舌打ちをして、一瞬だけそちらに意識を向ける。

（よし……今だ！）

その絶好のタイミングを狙い、オレは行動を起こす。首に下げていた小さな笛を口にくわえる。

人には聞こえない周波数の音が、周囲に鳴り響いたはずだ。

「ヤマト、テメェ!?」

音は聞こえないものの、オレの動きに反応してバレスは大剣を構える。が時すでに遅し。ブタンツの奇行に意識を向けていた分だけ、こちらへの反応が遅くなった。

「王風《ワンフー》!」

ブタンツに向かって駆けだし、オレはその名を呼ぶ。ここまで取っておいた〝切り札〟の名を。

それに反応して巨大な影が飛ぶように駆けてくる。草原の丘を飛び越えてきたのは、オレの愛馬であるハン馬〝王風《ワンフー》〟であった。

「ひぃっ!?」

丸太のような馬脚に踏み潰されそうになり、ブタンツは腰を抜かして悲鳴をあげる。誰も予想もしていなかった巨馬の乱入に、この場の空気は一変する。

「ハン馬だと!?　……それにしても、こいつはスゲエのがきたな!」

バレスは王風《ワンフー》の登場に笑みを浮べる。これほど見事な名馬は、そうそう見られるものではないと、感動すらしていた。

「いくぞ、王風《ワンフー》!」

オレはバレスを振りきり、王風《ワンフー》の背中に飛び乗る。鞍《くら》や手綱を嫌がる誇り高き馬であるが、その背中は頼もしいほど広い。

「イシス!」

拘束を解かれたイシスに、トップスピードのまま駆け寄る。位置的に帝国の二人の騎士が間に合わない、絶好のタイミング。このまま彼女を抱きかかえて、オルンまで一気に退却する。

「ブヒャヒャ！　生かして逃がさんぞ、小娘がぁ！」

「キャッ!?」

乱心したのか、手元のナイフで、イシスの背中を突き刺そうとするブタンツ。

「イシス、かがめ！」

オレは叫び、ウルド式の弩《クロスボウ》の引き金をひく。発射された矢はブタンツの急所を一撃で吹き飛ばす。

「イシス！」

「ヤマトさま！」

そのままの勢いでイシスを引き上げ、騎上で抱きかかえる。二人乗りとはいえ王風《ワンフー》の馬脚に敵うものはない。

「ヤマト、テメェ！　オレさまとの最高の勝負から、逃げるつもりか！」

「目的は達した。それに戦いは趣味ではない」

「はん、あれだけの腕を持ちながら！　ますます、面白れえ！」

バレスは叫んでいるが、その表情に悔しさはない。むしろ楽しみが先に延びたことに歓喜しているようだった。

「私の名はロキ・ヒザン。貴殿の真なる名を聞こう」

ロキは真摯《しんし》な眼差しで、オレの名を尋ねてきた。その姿は高貴でありながらも、絶対者としての覇気《オーラ》もある。

「オレはヤマト。ただのならず者だ」

「そうか……ヤマトか。覚えておこう」

ロキは目を細めて見つめてくる。オレの正体が一介の盗賊でないことを見抜いているような瞳だ。

「おい、ロキ！　そいつはオレさまの獲物だ。横取りはよくないぜぇ！」

「学院同期といえども譲れないモノもあるのだ、バレス」

帝国の二人の騎士は真剣な表情で、互いに牽制《けんせい》し始める。まるでオレが自分たちの専有物であるかのような口調。つい先ほどまで剣を交えていた相手だが、不思議な魅力のある男たちである。

「すまないが、もう二度と会うことはない」

オレは王風《ワンフー》に声をかけて退却を命じる。もたもたしていると百騎以上の帝国軍が到着してしまう。イシスを無事に救出した今、この場に残る必要はもうない。

第七章　オルンの宝物

「イシスさま！」

「よくぞ、ご無事でイシスさま！」

今回の誘拐事件は極秘である。情報漏洩を防ぐために、リーンハルトの先導で太守府へと向かった。

太守府では街の幹部たちが、イシスを出迎える。長年にわたり仕えてきた彼らにとって、彼女は我が子のように可愛い存在であった。

ブタンツに眠り薬を嗅《か》がされていたイシスであったが、特に外傷もなく無事であった。

「流れの傭兵さま……でしたか。このたびは本当にありがとうございました！」
「単騎でイシスお嬢さまを助けてくださったとか!?　本当に素晴らしい武勇でございますな！」

オルン太守府の幹部たちは、救出者であるオレに最大の称賛をおくってくる。

ちなみにオレはまだ変装したままで、〝流れの傭兵〟と名乗っていた。事件を偶然知りリーンハルトと共に、ブタンツからイシスを助け出したことにしている。

「この後によかったら祝宴でも、いかがですか？」
「これまでの武勇伝も、ぜひお聞かせください」

お礼を込めて酒宴を開催すると、オルン幹部は誘ってきた。

「すまないが次の街で用事がある」

人の厚意はあまり無下《むげ》にするものではない。だが激闘続きでさすがのオレも疲れていた。怪我《けが》はないもののバレスとの戦いは、すさまじいものであった。

「では失礼する」

「おお、勇者殿！」

引き留めてくる幹部たちに挨拶をして、オレは太守府を後にする。リーシャや村の子どもたちが待つ宿に戻り、今宵はゆっくり休養しようと思う。

◇　◇

次の日、今回の事件に大きな動きがあった。何とヒザン帝国の皇子ロキから、オルンに正式な使者が来たのである。

『今回の事件は商人ブタンツが独断でおこなった愚行。ゆえに当ヒザン帝国は一切の責任は負わない』

使者の持ってきた書面は、そのような内容であった。書面によるとブタンツの国籍は、事件の数日前に剥奪《はくだつ》されたことになっていた。ゆえに今回は〝一介の商人〟が起こした単独犯行事件。そんな責任転嫁である。

『だが……太守代理イシス殿へ、心からの見舞金を送る』

ロキからの書面の最後には、そんな言葉があった。それによると多額の見舞金が、帝国からオルンに贈呈されるらしい。金額的にはかなりの額であり、激怒していたオルン太守府幹部の溜飲《りゅういん》を下げる効果もあった。

「……という訳だ。帝国としては『まだオルンと戦をするつもりはない』という意思表示なのだろう」

わざわざオレに報告しに来たのはリーンハルトである。イシスを助けるために一度は近衛騎士を退団した。だが彼女を助け出した事情もあり、無事に復団している。

「だが帝国はオルンを諦めてはいない」

「ああ。そうだな、リーンハルト」

その予想にオレも同意する。あの時対峙したロキの瞳には、野望の炎が宿っていた。あれは自分の覇道を突き進もうとする、危険な青年の瞳である。

(もしかしたらブタンツを消すのに、オレはロキに利用された……のかもしれないな)

貴族商人としてのブタンツの財力はかなりのもの。この大陸の大商人は金貸し業も兼ねており、王族に対しても発言力がある厄介な存在である。

あの状況を利用したのはオレだけではなく、先方のロキ側にも策があったのかもしれない。イシスを見逃して、邪魔なブタンツをオレに始末させることによって。

（皇子ロキか……）

隙のない危険な青年であった。大陸の領土拡大を進めているヒザン帝国の皇子。剣士としての腕だけではなく、策士家としてもかなりの切れ者なのかもしれない。

（このオルンにとって……そしてウルドの村にとって、危険な存在になるかもな）

情勢的に帝国はまだオルンには侵攻はしてこないだろう。だが大陸制覇の目的のために、帝国はいつかは必ず軍を進めてくる。

その時がきたらウルドの村にも、何らかの影響はあるに違いない。

「今後も油断はできないな」

「ああ。あと貴殿……ヤマトが申請した〝ウルド商店〟の認可がおりたぞ」

「それは助かる」

リーンハルトから商店許可の書類を受け取る。これはオレがオルン太守府に申請していたものであった。オルンの市場《バザール》から近い路地裏にいい空き物件があり、そこに店舗型のウルド商店を出す申請をしていた。

「ヤマト……お前はイシスさまの命の恩人だ。望むならば大通りの大商館も得ることができたのに……」

「イシスを助けたのはオレ個人の意思だ。気にするな」

大きすぎる恩賞は今後のために不必要であった。何しろウルドの村の生産能力はまだ高くはない。

食料や生活物資の生産は、最近になりようやく安定してきた。路地裏の小さな商店くらいがちょうどよかった。

「本当に欲がない男だな、お前は」

「『長者富《ちようじやとみ》に飽《あ》かず』だ……オレの国の格言で、〝人間の欲望には限度がなく危険〟という意味だ」

「お前らしい言葉だな、ヤマト」

オレの年寄り染みた格言に、リーンハルトは苦笑いする。最初に出会った時はこんな柔らかい表情をする騎士ではなかった。

もしかしたら騎士の身分を一度捨てたことにより、何かが吹っ切れ、成長したのかもしれない。騎士として、太守府の幹部としても、これからまだ成長していくであろう。この様子なら危険な立場にあるイシスのことを、任せても大丈夫であろう。

「これまでの私の非礼を詫びよう、ヤマト。だが剣士として負けるつもりはない！」

「そうか。だがオレは剣士ではなく、ただの村人だ」

「ああ……そうだったな。だがイシスさまに誓って……お前にだけは負けるつもりはない！」

「ああ、勝手にしてくれ」

この辺の頑固さは全く変わっていない。これがリーンハルトという男の本性なのであろう。暑苦しいが悪い気はしない不思議な男である。

オルンにウルド商店を出すこともあり、今後もこの騎士には何かと世話になるであろう。次に街を訪れた時の再会の約束をしつつ、リーンハルトとの話は終わる。

その後はウルド商店の物件契約が無事に終わり、事前の準備も進んでいく。後は村に戻ってから商品の選定をして、本格始動となる。

こうしてイシスを救い出してから、あっという間に数日が経つ。

そしていよいよ村に戻る朝がやってきた。

◇

◇

「ヤマトさま、積み込みは終わりました」

「こっちも完了だぜ、ヤマト兄ちゃん！」

オルンで仕入れた品物の積み込みも終わり、いよいよ出発の時間となる。

村からは革製品やウルド織物・焼き物などの工芸品を売りにきていた。その空になった荷馬車の荷台に、街で仕入れた医薬品や香辛料・工芸品などを満載して帰路につく。

「皆、またオルンに遊びにきなよ」

「ウルドの子どもたちがいなくなると、オバちゃんたち寂しくなるわね……」

「山穴族のジイさん。今度こそ売ってくれよな！」

出発前の荷馬車の周りには市場《バザール》の商人たちが集まり、別れを惜しんでいる。

オレたちがオルンに滞在した期間は、それほど長くはない。だが幼い子どもたちが朝から晩まで声を張り上げ、一生懸命に売り子に励んでいた。その姿に街の誰もが親しみをもっていた。

（人情……か。どこの世界でも共通なのだな……）

接客が苦手なオレは終日、品出しと買い付けに勤《いそ》しんでいた。だが、そんな自分でもオルンの人々の温かい心意気を十二分に感じていた。

（さて……）

同じように見送りにきていた自称遊び人に、オレは視線を向ける。

「……という訳だ。後のことは頼んだぞ、ラック」

「へっ、へい……って。本当にオレっちでいいんですか？　ヤマトのダンナ」

「ああ。そのうち村から商品を届けにくる。それまでウルド商店の開店準備をしておけ」

「まあ、他でもないダンナの頼みなら頑張るっす！　オレっちに任せてくださいっす！」

オルンに開店するウルド商店は、このラックに任せることにしていた。人選に関してはオレの独断であったが、他の皆からも特に異論はなかった。

「上手く言えませんが……ラックさんなら大丈夫だと思います」

「これで遊び人じゃなくなったね、店長ラックのオジちゃん！」

「仕事はしてもオレっちは永遠の遊び人っすよ、ちびっ子たちよ」

リーシャや子どもたちは、そんなラックとの別れを惜しんでいる。イシス救出の激戦を経てから、彼女たちもこの男のことを信頼していた。

何しろバレスの魔剣の攻撃から、ラックは村の少年の命を守ってくれた。普段は軽薄でヘラヘラしているが、やる時はやる男だと村の皆は認めていた。

「それから土産として……ラックに〝これ〟をやる」

「へっ？　おっとっと……」

皆との挨拶が終わったところで、ラックに餞別《せんべつ》を投げ渡す。それは赤く澄んだ結晶の塊。ガトンが彫った結晶彫刻である。

「へっ……こ、これっすか？　餞別って……」

「これに興味があって、オレに接触してきたんだろう？」

「いやー、何のことやら……」

知らぬふりをするラックに構わずに、オレは話を進める。

「ウルドの山に〝売るほど〟ある。落ち着いたら遊びに来てもいいぞ」

「……うぃっす。必ず遊びに行くっす、ダンナ！」

ラックが手にしているのは、ウルド岩塩の結晶彫刻であった。この価値に気がついたのは、オルンでこの男ただ一人だけである。他の数多《あまた》いるオルンの商人は、全く気がつかなかった。

（調べてみたがウルド岩塩の特徴は、他の岩塩と大きく違う……）

霊獣の降臨により百年間、このウルド岩塩は採掘できなかった。つまり現世に価値を知る者は、ほとんどいないはず。だがラックは初見でこれに気がつきつつも、その後は知らぬ顔をしていた。

（それにオレがウルドの村に住み着いていたことも、ラックは知っていた……）

ラックが〝ただ者〟ではないことに、オレは気がついていた。だがあえて詮索はしない。

積み込みの最終確認も終わり、いよいよウルド荷馬車隊の帰還の準備が整う。

「お待ちください、ヤマトさま！」

その時であった。騎士の馬に乗せられた一人の少女が、息を切らして駆け付ける。

「イシスさまがどうしてもと言ってな……」

最後に見送りに来たのはリーンハルトとイシスの二人であった。忙しい政務の合間をぬって、わざわざ見送りに来てくれたのである。

「ヤマトさま、申し訳ありませんでした。実は〝三個《さんこ》の礼〟の最後の一個を、まだお見せしていませんでした……」

「ああ、あれか」

イシスはオルンの魅力を、オレに薦めていた。その最後の三個目を見せようと、彼女は駆け付けてきたのである。

「実は……私がヤマトさまに、お見せしたかったのは、この街の人々の……」

「〝笑顔〟……だろ？」

「えっ!?　なぜ、それを……」

言いかけた単語をズバリと当てられ、イシスは目を見開き驚いている。

「簡単な推理だ。一個目と二個目を繋げて、イシスが一番大切にして、誇りに思っているモノを探した……」

オレは言葉を続ける。少女は太守の一族として、誰よりもオルンのことを愛していた。自分の足で街中を歩き回り、市民一人ひとりの声を真剣に聞く。何の打算もなく、少しでも人々の暮らしを良くするために。

　不器用ながらも真摯なその姿と有り余る行動力。人々は少女のことを誇りに思い愛していた。太守代理である少女イシスのことを。

「それでしたらヤマトさまに、ぜひお見せしたい場所があります！　オルン市民の誰もが笑顔になる場所がありまして……」

「その心遣いは不要だ」

「えっ……」

　まさかの否定にイシスは言葉を失う。だが構わずオレは言葉を続ける。

「もう十分に見せてもらった。この数日間で……オルン市民の笑顔をな」

　交易都市オルンには笑顔があふれていた。大人から子どもまで活気にあふれ、いたるところから談笑が聞こえてきた。そして今も市場《バザール》には人情味ある笑顔があった。

「ああ……ヤマトさま……ということは……」

「ああ。困ったことがあったら文を送ってこい。オレはいつでもオルンに助けにくる」

「はい……本当にありがとうございます……ヤマトさま」

　イシスは満面の笑みで、だがうっすらと涙を浮べていた。オレが軍師の任を引き受けてくれるとは、思ってもいなかったのであろう。

（やれやれ……困ったものだ……）

イシスの反応に、オレは内心で困惑する。笑ったり泣いたり、女性は本当にコロコロと表情が変わるものである。

人付き合いが苦手な自分はそんな彼女に、不器用な笑みを浮べるのが精一杯であった。


「よし、ではウルド荷馬車隊……帰還するぞ」

「はい、ヤマトさま！」

「あいよ、ヤマト兄ちゃん！」

オレの号令に従い、荷馬車はゆっくりと動き出す。見送りにきていた者がざわつく。

「ヤマトさま、お元気で……」

「イシスさまのことは私に任せておけ、ヤマト」

「ダンナ、ちびっ子たち、またっす！」

太守代理の少女であるイシス、オルン近衛騎士リーンハルト、そして自称遊び人ラック。

「皆、また遊びに来るんだよ！」

「山穴族のジイさんもたっしゃでな！」

市場《バザール》の出店者たちも別れを惜しみ、手を振ってくる。

「うん。またね、バイバイ！」

「ラックのオジサン、またね！」

「イシスの姉ちゃんもバイバイ！」

荷台の子どもたちは後方に手を振り返す。

多くの市民に見送られながら、荷馬車は街の大通りを進んでいく。そのまま街道を北に数日間進むと、懐かしのウルドの村がある。

到着の頃にはちょうど穀物イナホンの収穫の時季であろう。天候に恵まれ耕地も増やしたおかげで、昨年の数倍の収穫量が見込まれていた。一年間で一番忙しく、そして嬉しい収穫の時季である。

荷馬車隊は城門をくぐり抜け、街道を北に進んでゆく。

（オルンか……本当にあっという間だったな……）

後方で小さくなっていく交易都市を振り返り、オレは感慨深くなる。オルンで起こった数々の出来ごと、そして出会った人々の顔を思い出しながら。

（さて……村に戻ってからも、また忙しくなりそうだな……）

秋の収穫と冬を迎える準備。ウルド商店の開店の準備と、村の物資の確保。そしてヒザン帝国への対応も。

（考えることとだらけだな、本当に……だが、悪くはない……）

御者台で揺られながら誰にも気がつかれないように、オレは微笑《ほほえ》むのであった。何ともいえない充実感に満たされながら。

◇

◇

街道を進むこと、更に数日間。

「ウルドの村が見えてきました！」

「本当だ、懐かしいね！」

「見てください、ヤマトさま。イナホンの実があんなに黄金色に……」

オレたちはウルドの村へ戻ってきた。峠を越えた先に、懐かしの集落が見えてきた。

「ああ、そうだな」

オレが村に来てから、もうすぐ二年となる。

こうして新しい季節が、また始まろうとしていた。

閑話1　帝国の騎士

イシス誘拐事件から数日後のこと。

オルン近郊の中立地帯まで出陣していた、ヒザン帝国の騎士団は帰路についていた。皇子ロキを中央にして、精鋭ぞろいの騎士団は街道を東へ進んでいる。

「オルン太守府との交渉は上手くいったぞ、バレス」

ロキは自ら馬を操りつつ、隣で轡《くつわ》を並べている巨漢の騎士へ声をかける。

今回の事件はブタンツの単独犯行であると、ロキは隠ぺい工作をした。そして友好度を保つために多額の見舞金をオルンへ贈与した。その金も帝都のブタンツ商店から徴収するので、帝国軍には何の痛みもない交渉である。

「ふーん、そうかい。相変わらず、そういうのが上手いな、ロキは」

権謀術数を好まぬバレスは、馬を進めながらあくびをする。策の才能がない訳ではなく、単純に好き嫌いの問題であった。

「剣だけでは覇道は進めぬものだ、バレス」

「はん。皇子殿下さまは大変だな、ロキ」

騎士学院の同期生であるロキは、権謀術数にも優れている。そして剣の腕前もバレスと常にトップを争っていた。

「バレス卿、よろしいですか……」

ロキの背後で馬を進める初老の騎士が口を開く。この皇子の世話係であるベテランの騎士である。

「いつも言っておりますが、いくら御学友といえども殿下に対しては、もう少し丁寧な言葉をお使いください」

初老の騎士はバレスの不遜な態度に、チクリと釘を刺す。

バレスは爵位を持つ騎士団長の一人である。だが皇子であるロキとは雲泥《うんでい》の身分差があった。ここが公の場であるならば、バレスの態度は不敬罪で処分されてもおかしくない。

「爺《じい》、よい。いつも言っているが、このバレスは私の唯一の友人だ」

「……かしこまりました、ロキ殿下」

幼い頃から仕えている皇子の言葉に、初老の騎士は大人しく従う。このバレスに対する苦言と、ロキとのやり取りは毎回のことである。バレスは気にする素振りも見せずに聞き流していた。

「ちなみに〝あの男〟……ヤマトの姿は、オルンの太守府にはなかったそうだ」

それは数日前の交渉の場に送った、使者からの報告である。

ヤマトという謎の男は、帝国が誇る騎士バレスと互角の一騎打ちを繰り広げた。その後は巨大な野生馬を華麗に操り、ブタンツを見事に仕留めて立ち去った。

「何だ……そうか……」

謎の剣士の手がかりが消え、バレスはため息をつく。久しぶりの獲物を逃がした獣の残念顔である。

「だが、似た男がオルンの市場《バザール》にいたらしい」

「何だと!?　それは本当か、ロキ!?」

ロキからの新たな情報に、バレスの顔色が変わる。口元を布で隠していた謎の男ヤマト。アイツとまた剣を交えるチャンスが見えてきた。

「ああ。辺境の村からの交易商人と、風ぼうが似ていたらしい。どこの村かの情報はないがな」

ロキは友好の使者と同時に、直属の隠密衆をオルンに潜入させた。だがヤマトらしき男の警戒が強すぎて、その部下は近づけなかったという。

帝国が誇る腕利きの隠密が、誰一人男の警戒網を突破できなかったのである。

「だろうな、アイツは普通じゃねえ」

ロキの話を聞きながら、バレスは満足そうな笑みを浮べる。剣を交えたヤマトは山犬団という、聞いたこともない盗賊団を名乗っていた。

「アイツはヒツジの皮を被った猛獣だ」

だが一介の賊にはありえない戦闘能力を有していた。おそらく何らかの理由で変装していたのであろう。

「つまりオルンと絡んだら、またヤマトに会えるってことだな」

バレスにとって国家間の裏事情は、どうでもいい話である。好敵手にまた会えることが判明しただけ、大きな発見であった。

「バレス……ずいぶんと嬉しそうな顔をしているな」

「ああ。最近は面倒くせぇことばかりが多くて……だが久しぶりに面白い男と出会えたからな」

バレスは獣のような笑みを浮べながら答える。圧倒的な武術を使いこなす、ヤマトの姿を思い出しながら。

「たしかに面白い男であったな。剣の腕も立つが、頭の方もかなり切れる男だな……」

受けた報告を思い出しながら、ロキもヤマトを戦術家として高く評価する。

その報告によるとブタンツの張り巡らせた卑劣な罠を、ヤマトは的確な状況判断で対応していた。そして味方に一兵の損害もださずに、颯爽と退却していったその能力をロキは認める。

「あれほどの知力と決断力を有する指揮官は、栄光ある我が帝国軍でもまれだ」

「おい、ロキ！　あの時も言ったが、ヤマトはオレさまの獲物だ。横取りは許さねぇぜ！」

「学院同期といえども譲れないモノもあるのだ、バレス」

「はん、そうだったな！　だったら早い者勝ち……だな、ヤマトのことは」

「そうだな……先に剣を当てた者の勝ちだ」

二人は帝国軍の中でも五本の指に入る剛の者。たった少しの邂逅《かいこう》であったが、その二人のヤマトへの評価は大きい。

「しかし、その前に軍部の一部の腐敗を何とかしねぇとな」

「ああ、そうだな」

領土拡大を進めているヒザン帝国は大きくなりすぎた。弊害として母国に生じた歪《ひずみ》と腐敗を、バレスとロキは案じていた。

「帝国の大改革は、必ずこの私が行う……頼りにしているぞ、バレス」

「オレさまは剣を振るうことしか、できねぇぞ……ロキ」

「ああ……その時は期待している」

皇帝の三男であるロキの皇位継承順位は、宮廷内ではそれほど高くはない。だがロキの類《たぐい》まれな実力と人望は、実兄たちよりも高く厚い。そのためロキに心から忠誠を使う騎士・貴族は多い。

「大改革は困難な道になるであろう。だが、あの男……ヤマトを見た後では、なぜか容易に思えてしまう……」

「はん、たしかにそうだな！　たった一騎でオレさまとロキ、それにこの真紅騎士団《クリムゾン》を手玉に取りやがったからな！」

「その内……帝都でバッタリと会うかもしれんな、あの男とは」

「そりゃ、楽しみだな！　ロキの予言はよく当たるからな！」

ロキとバレスはそんな冗談を言いながら、声を出して笑い合う。いくら腕が立つとはいえヤマトは一介の賊。そんな男が帝国の未来に関与してくることはさすがにないと。


――だが、この予言が当たるとは、この時は誰も思ってもいなかった。もちろん当人であるヤマトでさえも。

こうして辺境の村に住むヤマトは知らぬ間に、運命の大きな渦へと巻き込まれていくのであった。

閑話2　新たなる武具を

オルンから戻った後、ウルド村ではイナホンの収穫が終わり、冬に向けての準備が行われていた。

「ガトンのジイさん、調子はどうだ？」

「ふん、小僧か。見ての通りだ」

そんな中、オレはガトンの鍛冶工房を訪れる。頼んでいた仕事の確認であった。

「ほう、これはたいしたものだな」

工房の片隅に完成した農機具を見つけ、オレはその出来ばえに感心する。

「ふん、作業自体はたいしたことはない。それより、そんな奇抜な機具を考える、オヌシの方が奇人じゃ」

褒め言葉にガトンは謙遜して答えてくる。相変わらず口が悪いのは山穴族の特徴であり、特に気にしてはいない。

「ところで、ジイさん。例の秘石を加工して譲って欲しい」

「例の石……〝火石神の怒り〟のことか？　アレはダメじゃ」

ガトンは珍しくオレの頼みを断る。その視線の先には、厳重に保管されている金属箱があった。

「アレは人の手で扱うには、危険な代物じゃ……」

箱の中には〝火石神の怒り〟と呼ばれる、山穴族の秘石が保管されていた。見た目は宝玉にも似ているが、衝撃を与えることで爆発する危険な石である。

少し前に爆発を見せてもらったオレは、その性質と危険性を知っている。だからこそ今後のために、どうしても不可欠な石であった。

「衝撃はこの袋に入れて解決できる」

「袋だと……何じゃ、これは？」

オレの手渡した袋の手触りに、ガトンは目を見開いて驚いている。それは指で押した衝撃を吸収する不思議な布であった。

「石を持ち歩く時は一個ずつ、この布に包《くる》む」

「なるほど……これなら持ち運ぶことも可能じゃな……」

オレの説明にガトンは納得している。頑固な職人であるが、優れたものは何でも取り入れようとする貪欲さがあった。そして今も袋をまじまじと観察している。

（まさか低反発素材が、こんなところで役立つとはな……）

オレが出した袋の内側には、低反発の素材が使われていた。この世界に転移した時に持っていた、アウトドア用の寝具マットから切り取ったもの。そして高品質の低反発素材には、衝撃を吸収する性質がある。

「安全性は分かった。じゃが〝火石神の怒り〟はあくまで秘石。譲るには対価を……」

「対価はこの〝核《コア》〟だ」

「核《コア》じゃと!? オヌシ、気はたしかか!?」

ガトンは今まで聞いたことがない大声で驚き、聞き返してくる。まさか霊獣の核《コア》を対価として差し出すとは、夢にも思っていなかったであろう。

「それほど大きな霊獣の核《コア》は、希少な存在じゃ……小国くらいなら買える値段がつくぞ……」

ガトンが驚いているのは、核《コア》の価値の大きさである。

山穴族の伝承では核《コア》は持つ者に幸運を与え、あらゆる病や呪いから身を守ってくれるという。ゆえに各国の王や大商人が、大金を積んでも欲しがる霊石であった。

「金には興味がない。それよりも〝火石神の怒り〟の力の方が必要だ」

「ふん。相変わらず無欲な男じゃ」

「ジイさんには言われたくない」

冗談を言い合いながら談笑する。年齢や種族は違えども、互いに不器用な似た者同士。ガトンは保持する〝火石神の怒り〟を、オレに譲ることを約束してくれた。

「さっそくで悪いが、ジイさん。この槍を作ってくれ」

「ふん。どうせ、そんなことだと思っていた。どれ見せてみろ……な、何じゃい、これは……」

オレの差し出した紙を見て、ガトンは絶句する。そこには〝火石神の怒り〟の性質を応用した、新しい武器の設計図が描かれていた。

「作ることは可能じゃ……だが一度使っただけで、これは壊れるぞ。それに使う者の腕が、反動でちぎれてしまうぞ……」

絶句しながらもガトンは設計図を読み取り、頭の中で計算している。その衝撃と槍の耐久性。そして使う者の命すら奪い取る、恐ろしいまでの破壊力を。

「槍は使い捨てだ。春までに何本か作っておいてくれ。反動はオレが何とかする」

「こんな危険な槍を作って。霊獣が相手か……」

「ああ。これはオレの勘だがな」

ガトンはオレの真意を見抜いていた。普通の賊相手に、これほどの武器は不必要である。オレにはまた霊獣と対峙する予感があった。それを乗り越えなくてはいけないことも。

「あまり危険なことをして、リーシャ嬢や子どもたちを泣かせるなよ……小僧」

「ああ、分かっている」

霊獣の危険性を誰よりも知るガトンは、少し感傷的になっていた。そんな老鍛冶師を安心させるように、大丈夫だとオレは答える。

「あと、さっきの核《コア》を均等に割ってくれ」

「なっ!?　おい、これはワシが対価として貰ったものじゃぞ!?」

まさかの提案にガトンは再び大声を出す。先ほどまでの感動が嘘のように、一瞬で消え去る。

「護符として使いたい。もしかしたらさすがのジイさんでも、その核《コア》を割れないのか？」

「ふん。バカを言うな！　ワシら山穴族に扱えぬ石と金属はない！　こんな核《コア》を割るなど造作もないことじゃ！」

一個の大きな核《コア》を割り、数個の護符石を作り出すことをガトンは了承した。これまで経験がない核《コア》の加工に、その目を輝かせている。

「あと、あのリーンハルトの盾術が興味深かった。この設計図の大盾も頼む」

「おい、小僧！　冬の間にワシを殺す気か!?」

「できないなら他を当たる」

「ふん、できるに決まっておる。その代わり冬の間は、上等な酒を切らすなよ！」

ガトンは大陸でも三人にしかいない鍛冶師の巨匠。少し頼みすぎかもしれないが、ガトンは鼻息を荒くして生き生きとしていた。

「あとオヌシも少しは手伝え！」

「ああ、分かった」

冬の間はオレも室内での作業が多くなる。ガトンの補助をして鍛冶仕事を覚えるのも、悪くはないであろう。

（やれやれ……今年の冬は、あっという間に過ぎ去りそうだな……）

そんなことを思っているうちに、村には厳しい冬が近づいてくる。それは各家で内職に励み、そして暖かい春を心待ちにする季節でもあった。

第八章　春の訪れ

「春ですね、ヤマトさま」

「ああ。春だな」

初春の村の様子を、村長の孫娘であるリーシャと二人で見て回る。

ウルドの積雪はそれほど多くはないが、凍るような厳しい毎日が続く。村人たちは大きな家に集まり、暖炉《だんろ》を焚き耐えながら過ごしていた。

「この冬の間で、備蓄の量もだいぶ減ったな、リーシャさん」

「はい。干し肉と野菜の在庫はギリギリでした」

食料の在庫管理をしているリーシャが、手元のメモに目をやり報告してくる。それによると食料の在庫は、予想よりも多く減っていた。

「子どもたちは成長期だ。今後はもう少し量を増やしておこう」

「はい、ヤマトさま」

このウルドは子どもの比率が大きい村である。成長期である彼らの食べる量は、日に日に増えていく。成人前とはいえ村では立派な働き手だ。将来のためにも沢山食べて、成長してもらう必要がある。

「そういえば工芸品の方も順調だな」

「はい。子どもたちは物覚えがいいので、昨年より品質も良好です」

冬の間の村人たちは屋内で内職に勤《いそ》しむ。特産品である革製品や織物、磁器を冬の間に作っていた。子どもたちは熟練の技をもつ老人たちから、伝統の技を受け継ぎ学んでいく。最初は不恰好だった工芸品も、ひと冬を越す頃には立派な商品へと進化していた。

「落ち着いたら、オルンへの商品を運ばないとな」

「いよいよですね、ヤマトさま！」

イナホンの田植えが終わったら、村の工芸品を交易都市オルンまで運んで行く。昨年の秋に出会ったラックに任せている、ウルド商店の準備も順調であった。本格的な交易の開始が楽しみである。

「今のところ雪の被害もなく、ひと安心ですね、ヤマトさま」

村を歩きながら一つ一つ、家屋や畑の状況を確認していく。

「寒さの割りには、ウルドの降雪は少ないからな」

村は山岳地帯の盆地にあるが、湿気が少なく降雪量も少ない。これまでも雪の重みによる建物倒壊は少ないという。

「そういえばヤマトさまの故郷は、かなりの豪雪地帯という話でしたね」

「ああ。一階部分が雪で埋もれて、二階から出入りした年もあったな」

「そんなに降るのですか!?　信じられません……」

オレの住んでいた日本の故郷は、二階にも玄関があったほどの豪雪地帯。それに比べたらウルドの冬は、オレには優しかった。

◇　◇

巡回しながら村の新しい施設に向かう。そこは小川沿いに増築した工房である。

「あら。これはリーシャ嬢ちゃんに、ヤマト殿」

「今日も二人で仲良く、視察ですかい？」

「ああ、見させてもらう。気にしないでくれ」

こちらに気がついた村の老婆たちが、笑顔で声をかけてくる。邪魔をするつもりはなく、引き続き作業を続けるように指示する。

「織物《おりもの》工房……ついに始動しましたね、ヤマトさま」

「ああ。まだ仮の段階だが、順調なようだな」

工房内の様子を見ながら、リーシャは隣で感動している。広い工房内には織物の機器が並び、規則正しく心地よい音を響かせていた。

「何度見ても未だに信じられません……織物をたった一人で、これほど速く編めるとは……」

老婆たちが扱う織物機を見つめながら、彼女は感動で言葉を失っている。

「この〝飛び杼《ひ》〟という新しい織物機があれば、これまでの数倍の速さになる計算だ」

「数倍も……さすがヤマトさまです！」

この工房内の機器はオレが設計したものである。ガトンが金属部品を加工して、木製部分は老大工たちが作った。

（ウルド布か……復活できてよかったな……）

これまでも伝統的なウルド生地の生産は行われていた。だが大人たちが連れ去られてから、織物までは手が回らない状況だった。そこで食糧難が一段落したのを見計らって、織物産業を再開したのである。

新しい織物機器の技術は、地球の歴史で十八世紀頃に発明されたもの。アイデアさえ出せば、山穴族の匠の技で製作に問題はなかった。

「こちらの紡毛機《ぼうもう》も……本当に凄いですね。今まで使っていた糸車《いとぐるま》とは比べものになりませんね……」

「水車を動力源にした。これまでの数倍の効率になる」

「なるほど……さすがです、ヤマトさま」

リーシャが感動する視線の先には、糸を編む紡毛機があった。糸車とも呼ばれ、羊毛・綿・麻・亜麻・絹などの天然繊維を、糸に紡《つむ》ぐための装置である。

これも元々あった村の水車と糸車を、オレと山穴族のジイさんで改良した。これなら村にいる老婆や幼い少女たちでも、効率よく糸を紡ぐことができる。

オレが目指していたのは作業の効率化であり、村の生産性の向上であった。

「そういえば、ヤマトさま。この工房のおかげで、私も久しぶりにウルド刺繍《ししゅう》に専念できました」

「ウルドの女たちは、染物や刺繍の達人だったたな」

「はい、六つの歳になったら女は〝針と染め〟を教わります」

村の風習を説明しながら、リーシャは着ている服を誇らしげに見せる。ウルド特有の刺繍が施されたスカートが、彼女の回る風に舞い踊っていた。

これは彼女が手作業で施した刺繍。その言葉にあるように織物工房のおかげで、生活に余裕ができていた。

「ウルドの女は成人前までに針の腕を磨き、作り溜めた刺繍生地と一緒に嫁ぐ習慣があります」

「なるほど。それで村の女の子たちも、暇さえあれば刺繍の練習をしているのか」

「はい、私も幼い頃から必死で頑張りました」

ウルド生地と刺繍は美しい。オルンの市場《バザール》でも大好評で、すぐに売り切れていた。山岳地帯でしか採れない美しい染料と高品質の布が、街の女性たちの美意識を刺激したのであろう。

織物工房が本格始動して布が増産できたなら、今後もオルンで売る計画であった。

「そ、そういえば……私は今度の夏で十五歳。来年は十六歳になります……」

「そうか。早いものだな」

オレが最初に森で出会った時、リーシャはまだ十三歳であった。それを考えると年月が流れるのは本当に早い。〝光陰矢《こういんや》のごとし〟とは、昔の人はよくいったものである。

「ヤ、ヤマトさまは……私が十六歳になるまで、この村にいてくれますか……？」

「たぶん、そうだろうな。もう少し世話になる」

穀物の食糧難は解決してきたが、それ以外にも村の問題は山積みである。特に大人たちがいないこの不安定な現状を、早めに何とか解決したい。

「私、一生懸命に頑張ります。イシスさまに負けないように、素敵な女性になります！」

「ああ、皆で協力していこう」

「はい！」

リーシャは顔を真っ赤にしながら宣言をしている。ここまで気合十分なのは素晴らしい。

だがイシスの名が、ここで出てくるのはなぜであろう。

だが村長代理としてのリーシャに、やる気があるのは嬉しいことである。オレも補佐として頑張らせてもらう。

「よし、最後は改装中の施設を見に行くか」

「はい……例の〝煙の館〟……ですか？」

「ああ、そうだ」

◇　　◇

村の中でも山側に近い建物に、オレたちはたどり着く。

「ここは本当に不思議な場所ですね、この煙と臭いが……」

建物に入るとリーシャは、鼻をつまみながら眉をひそめる。

「そうか、リーシャさんは硫黄《いおう》臭には慣れていないか」

「〝いおう〟……ですか？」

「ああ、温泉の泉質の一種だ」

「〝おんせん〟……ですか？」

建設中の施設は〝温泉〟である。これまで村の周囲には温泉はなかった。だが取り戻した岩塩鉱山を調査している最中に、この温泉の断層を偶然見つけたのである。

「おう、ヤマトの大将かい？　こっちは順調だぞい！」

「ああ、無理はせずに続けてくれ」

地下で採掘をしていた山穴族の老人が、ひょっこり顔を出して挨拶をしてくる。この老人はガトンの仲間で、代々鉱山や水脈を掘り当てる職人で、こうした温泉や地下水を掘り当てる達人である。

「源泉まで、どのくらいかかりそうだ？」

「うーん、そうじゃな……秋には到達するはずじゃぞ」

「そうか。何か必要なものがあったら遠慮なく言え」

「それは助かる。じゃあ、また掘ってくるぞい！」

そう言い残し、老人は垂直に掘り下げた穴の中へと下りてゆく。上からのぞき込むと、底が見えないほど真っ暗な縦穴である。

「ヤマトさま……この〝おんせん〟というのは、何のために掘られているのですか？」

一連の会話を聞いていたリーシャは、不思議そうな顔で尋ねてくる。湖畔にあり水が豊かなウルドの村では、〝水浴び〟は常のことである。

だが地下から掘り出した〝異臭のするお湯〟をどのように利用するか、彼女は想像ができないのであろう。

「温泉の良さは説明しづらい。だが〝いいもの〟だ」

「いいもの……ですか」

曖昧な表現でリーシャに説明をする。ウルド式の水浴びも、たしかに悪くはない。だが日本人のオレとしては、できれば温泉には入りたい。

「ヤマトさまがそこまで言うのなら、楽しみですね……〝おんせん〟の完成が」

「ああ、楽しみだな」

今のところ近くの岩場を利用した、露天風呂の準備をしていた。あとは先ほどの老人が、源泉にたどり着くのを待つだけである。

肌寒くなってきた秋に入る露天風呂は、また一段と格別であろう。

◇　◇

「ヤマトの兄さま！　ここにいたのですね！」

そんな時であった。村の巡回をしていたオレのもとに、駿馬《しゅんめ》を駆る少女がやってきた。

「クランか。どうした、そんな急いで」

やってきたのはハン族を束ねるクランであった。草原の民である彼女は、見事な腕前で馬から降りてくる。たしか今日クランは、村の南方の巡回に行っていたはずである。

「怪しげな武装集団を発見しました。それを兄さまに報告です」

ウルド近隣の地図を広げて、クランは集団がいた場所を指し示す。場所的には村からまだ遠く、進む先も別方向であった。

「進路的にも、どうやら敵ではなさそうだな」

こちらに害がない限り、オレは手を出すつもりはない。クランをはじめ、村の皆にもそのことは伝えていた。

「外敵ではありませんでした……でもヤツらは奴隷商人でした。それも子どもを専門に扱う悪徳な……」

その美しい顔の眉をひそめながら、クランは状況を次のように報告する。

武装集団が運んでいたのは、檻車《かんしゃ》に入れられた幼い子どもたち。すれ違う行商人の会話から、相手は悪名高い奴隷商人と判明した。

何でも自前の傭兵団で珍しい少数民族を襲い、子どもだけを捕えて売り払う残虐非道な商人だという。

その恐ろしい情報を仕入れて、クランは急いで戻ってきたのである。

「しかも……子どもたちは〝魔《ま》じり民〟でした……」

「〝魔《ま》じり民〟だと、クラン」

その少数民族の名は、ガトンから聞いたことがある。何でも生まれた時から、不思議な力を有する民だという。だが、それゆえに忌み嫌われ、差別をおそれて辺境の地で暮らす幻の民だという話である。

その民の子どもたちが痩《や》せこけた状態で、奴隷商人に輸送されている現場をクランは見てしまった。

「ヤマトの兄さま……」

クランたちハン族も家族を皆殺しにされ、奴隷商人に捕まった経験がある。おそらくはその時の辛い記憶が、甦《よみがえ》っているのであろう。彼女の声は終始震えていた。

「大丈夫だ、クラン」

涙目になっている少女の頭を撫でてやる。このオレに全て任せておけと言いながら。

「その子どもたちを助けに行くぞ。クラン」

「あ、ありがとうございます！　兄さま！」

真っ青な顔をしていたクランは、大粒の涙を流したまま笑顔になる。

「時間が惜しい、リーシャさん。オレとハン族の騎馬隊で先行する」

「はい、ヤマトさま！」

こうして奴隷商人に捕まった少数民族の子どもたちを、オレは救い出しに行くことになった。

第九章　新たなる子どもたち

「ひっ、化け物だ!?」

「た、退却だぁ！」

奴隷商人を守っていた傭兵たちは、悲痛な叫びをあげて逃げていく。敵前逃亡は重大な契約違反になるが、誰もが金よりも自分の命が大事である。

「副団長、あの商品《ガキ》は!?」

「そんなの放っておけ！　早くしろ！」

依頼人である奴隷商人は、既に〝ものを言わぬ死体〟となっていた。残る傭兵たちは命をかけて、商品を守る義理はない。

そして敵陣の真っただ中にいたオレも、無用な追撃はしない。

（それにしても人のことを〝化け物〟とは、失礼なヤツらだな……）

クランから報告を受けたオレたちは、現場までハン馬を駆けてきた。そして奴隷商人の集団に追い付いた。その後はオレが単騎で、傭兵団の中に突撃。クランたちハン族騎馬隊と、同行したリーシャは援護に回った。

「ヤマトの兄さまの独擅場《どくせんじょう》でしたね……」

結局オレ一人で十数人の傭兵と、抵抗する奴隷商人を打ち倒した。ちなみに突撃の直前に降伏勧告を行い、相手には慈悲を与えた。それにも拘わらず、人を化け物扱いするとは失礼なことである。

「逃げていくヤツらはどうしますか、ヤマトのアニキ？」

「追撃は不要だ。檻車《かんしゃ》ごと、この場から離脱する」

「了解です！」

「よし、山犬団、撤収するぞ」

もちろん盗賊団への変装も忘れていない。子どもたちの救出に成功したオレたちは、騒ぎになる前に離脱することにした。

◇　◇

助けた子どもたちを連れて、オレたちはウルド村に戻ってきた。ちなみに奪取した檻車は山中の崖下に破棄して証拠隠滅。これで足がつく心配もなく、ひと安心である。

「この子どもたちは、しばらく村で世話をする」

「かしこまりました、ヤマトさま」

虚《うつ》ろな瞳で村の広場にいる子どもたちを、リーシャは心配そうに見つめる。その助け出した〝魔《ま》じり民〟の子どもたちは、虚脱感に襲われている状態だった。

村までの道中で聞いた話によると、彼らの家族は奴隷商人の配下に皆殺しにされていた。住んでいた村も焼かれ、孤児となった彼らに戻る場所はない。

「お前たち、しばらく村にいていいぞ」

そこで体力と気力が回復するまで、ウルドの村で世話をすることにした。今はショック状態にあるが、温かい食事と十分な睡眠をとれたら、孤児たちも回復してゆくであろう。今後のことは元気になってから決めてもらう。

◇

◇

奴隷商人から子どもたちを救いだしてから、数日が経つ。

「リーシャさん、皆の様子はどうだ」

「ヤマトさま、おはようございます。今は昼食を食べています」

午前の仕事を終えたオレは、村外れの屋敷にいるリーシャのもとを訪ねる。

彼女は村の老婆たちと、孤児たちの世話をしていた。子どもたちは数日間の村の暮らしで、精神的にも落ち着いてきた。子どもたちの今後の話をするためにオレは訪ねてきたのである。

孤児たちが食事している広間に、オレは静かに入っていく。

「食事は口に合っているか？」

「あっ、ヤマトの兄上さま……美味しい。助けてくれて本当にありがとう」

孤児の少女が礼儀正しく挨拶をしてくる。彼女はこの一族の中で巫女《みこ》と呼ばれ、孤児たちのリーダー格になっていた。無表情で独特な口調の不思議な少女である。

「皆の顔色も良くなってきたな」

「こんなに美味しい食事は初めて。ヤマトの兄上さまに感謝」

少女は少しだけニコリとして感謝してくる。この数日間の人並みな生活で、格段に元気になっていた。

「前にも言ったが、お前たちはここで暮らしてもいいぞ」

奴隷商人から助け出した時から、彼女たちを保護するつもりでいた。村長に了承は得ており、村の一員として迎え入れる準備もしている。あとは本人たちの意思の最終確認である。

「本当にありがとうです。でも……私たちは呪われた〝魔《ま》じり民〟……」

巫女は表情を曇らせながら、悲しげな言葉を続ける。

「私たちがここにいたら迷惑がかかる……」

彼女たちの一族は、生まれながら不思議な能力をもっていた。そのため危険視され、辛い迫害を受けてきた歴史がある。このウルドに災いを招いてしまうことを、彼女は懸念していた。

「…………」

「…………」

巫女の言葉に広間は静かになる。先ほどまで明るい顔だった孤児たちの表情が、一気に暗くなる。

誰もが思い出してしまったのである。ここ数日間の幸せすぎる暮らしで、忘れていた現実を。自分たちは忌み嫌われており、存在してはいけない一族であると。広間は沈黙が支配して、重い負の空気が漂う。

「災いに、呪いだと？」

そんな重い空気をオレの言葉が破る。全員に聞こえるように声をあげる。

「オレはその手の話を、信じないタチでな」

ここが異世界であろうとも、現象には必ず原因がある。それを災いや呪いという陳腐な単語で、片付けられても困る。

何より他と違う力を持つ者を災いとして、差別する風習がオレは気に食わなかった。

「よし……その場を動くな。お前たちを全員〝殺す〟」

「えっ……」

オレの言葉の意味が分からずに、孤児たちは言葉を失う。だがオレは構わず腰のナイフを抜く。

「いくぞ」

まずは目の前の巫女の喉元を斬り裂く。少女は声をあげることすらできない。

「次だ」

続いて周りの孤児たちに斬りかかっていく。身体能力が強化されたオレの動きに、誰も反応できない。

そして広間にいた孤児たちは、あっという間に全員〝死亡〟した。

「これで〝魔《ま》じり民〟は滅びた」

「ヤマトの兄上さま……」

だが孤児たちは誰一人、死んではいなかった。誰もが突然のことに唖然とし、言葉を失っている。

「私たち、本当に死んだ……と思った……」

「そうだろう。本気で斬ったからな」

巫女は自分たちが生きていることに驚いている。それもそのはず、先ほどオレはたしかに本気の殺気で斬った。

だが実際には皮膚の表面を、薄く斬っただけである。その証拠に孤児たちは血すら流していない。

「これでこの世に〝魔《ま》じり民〟は、もう誰もいない……」

見つめてくる孤児たちに説明を続ける。〝魔《ま》じり民〟の孤児たちは、賊ヤマトに斬られて滅んだと。忌み嫌われた一族はたった今滅び、この大陸には存在しなくなった。

「〝スザク〟……お前たちの新しい民の名だ」

一族の名をなくした子どもたちに、オレは新しい名を与える。

「スザクの民……素敵な名……」

「スザク……僕たちの……」

「初めての誇れる名……」

先ほどまで沈んでいた子どもたちの表情は一変する。口々にスザクの名をつぶやき、広間には温かい風が広がっていく。

これまで自分たちは人里離れた集落に、名を隠し暮らしていた。だが今は違う。誇るべき名を口にできることに、誰もが心から歓喜していた。

「スザクはオレの故郷の聖なる獣の名だ」

〝不死鳥朱雀《すざく》〟は炎による死を司る。だが同時に灰からの再生も意味する。この生まれ変わった子どもたちに、相応しい誇るべき民の名であろう。

「これから村の一員として、頼むぞ」

「はい、ヤマトの兄上さま！」

「兄上さま！」

こうして迫害を受けていた〝魔《ま》じり民〟は、この大陸から滅亡した。そして笑顔を取り戻したスザクの子どもたちは、ウルドの村の新しい住人となった。

◇　◇

それから更に一か月後。村はイナホンの田植えの時季となっていた。一年の中でも収穫期と並んで忙しい農繁期である。

「ヤマト兄ちゃん、植える間隔はこれでいい？」

「いい感じだ。お前たち、だいぶ上手くなったな」

現場監督であるオレは昨年に引き続き、村人たちの田植えの指導をしていた。村の子どもたちの作業を確認していく。

「やったー！『詰めすぎて植えると収穫量は減る。つまりお前たちの食う飯の量が減るぞ』だろ、兄ちゃん？」

「ああ、正解だ。だがオレの物まねはいらない。そして徐々に曲がってきているぞ」

「うわー、本当だ!?」

調子に乗る子どもたちに、田植えに集中するように指示する。

今年で二年目となった田植え作業。村人たちはかなり手慣れてきた様子だ。その分だけ昨年よりも厳しく指導していく。正確な田植えは、秋の収穫量の増加に繋がる。

「では後は、しっかりやっておくんだぞ」

ウルドの子どもたちの指導が終わり、オレは次の田んぼへと向かう。


「ヤマトの兄上さま。これ大丈夫？」

「ああ、上出来だ。なかなか上手いものだな」

次に向かったのは、スザクの子どもたちが担当する水田。巫女が作業を確認してくる。相変わらず無表情で、独特な口調の少女である。

「私たちはずっと自給自足をしていた。慣れているです」

新しい住人のスザクの子たちは、なかなか田植え上手であった。他の集落から忌み嫌われていた彼女たち一族は、辺境で人知れず暮らしていた。

交易商人からも相手にされないために、全ての食料や生活物資を自給自足で作り出す必要がある。そういった理由で農作業にも慣れており、生活能力は高い。

「あっ……ヤマトの兄上さま。コレとコレが病を持ちそう。植えない方がいい」

「ああ、そうか。外しておいてくれ」

一緒に生活して驚いたことがある。それは彼女たちスザクの民が、本当に〝不思議な力〟を有していたことである。

今、巫女が指し示したのは、何の変哲もないイナホンの苗である。だがよく見ると病害虫に侵されていた。彼女はパッと見ただけで、違和感を察知していた。

『明日の天気が分かる』『危ない場所を感じる』『人の感情が色で見える』

他にもこんな感じの不思議な力を、スザクの子どもたちは持っていた。だが他人に災いを振りまく危険な力は一つもない。

これまでの迫害の歴史は、悪い噂が広がっていた弊害なのであろう。こうして直に接していると、誰もが心優しい少年少女であった。

「お前たちの力はとても助かるな」

「兄上さまのお役に立てるなら何よりです」

「あと私たちの〝歌〟は聞く人の心を強くして、負から守るのです」

「そうか。何かあったら頼りにしているぞ」

「はい、兄上さま」

スザクの子どもたちの指導を終えて、オレは次の田んぼへと向かう。

次の場所はこれまでと雰囲気が違う、試験的な水田である。

「ガトンのジイさん、調子はどうだ？」

「おう、今のところは順調だぞ」

向かった先にいたのはガトンである。ここは老鍛冶師の作った農機具を試す場所だ。

「あっ、ヤマトさま！　見てください……凄いです」

村長の孫娘であるリーシャも、ここの視察にきていた。ガトンの作った試作農機具を見つめて、彼女は感嘆の声をあげている。

「なるほど、想像以上だな。この〝人力田植え機〟は」

「はい、手植えの数倍……いえ、十倍以上の速さです……」

リーシャが目を丸くして見ているのは、〝人力田植え機〟であった。その視線の先では農業用の牛が、田植え機用の機器を引っ張っている。車輪の軸と歯車が連動して、田植え用の手の部分が回転して、イナホンの苗が次々と植えられていく。

「牛が前進すると、あれは田植えをするのですね……ヤマトさま」

「ああ。車輪が回るのに連動して、歯車が回る原理だ」

「理解が追いつきませんが……本当に凄いです……」

リーシャは言葉を失っているが、この田植え機の原理は難しくはない。日本の戦後に発明された〝人力田植え機〟を参考にして、オレが設計していた。

日本では人の手押しであった動力を、牛の引く力に変更している。また軸や歯車・田植えの精密部品は、匠の老鍛冶師であるガトンが製作した。

「相変わらず、とんでもない発想をするな。うちの賢者殿は」

「設計図を改良して仕上げた〝鍛冶師匠《アイアン・マイスター》〟のジイさんほどではない」

「ふん、いつの間にかお世辞も上手くなっておるわい」

相変わらず口の悪いガトンであるが、そのしわくちゃなまぶたの奥の瞳は少年のように輝いている。この大陸での最先端の機器を、自分の手で作り出せたことに興奮していた。

(だが、まさか……田植え機を本当に製造できるとはな……)

オレも、田植えの光景に感慨深くなる。

田植えは一年の農作業の中でも、最も手間がかかる作業の一つ。この田植え機に改良を加えて増産していけば、来年以降はもっと効率が上がる。老人と子どもしかいないウルドの村では、何よりも頼もしい農機具であった。

(田植えと稲刈り……この二つの効率化は重要だな)

あと数年も経てば村の子どもたちも、次々と成人していく。そうなれば今いる村人だけで自給自足を行い、自立できる日も遠くはないであろう。

「それでも田植えはあと数日かかる。気を引き締めていこう」

「はい、ヤマトさま!」

リーシャの明るい返事が響き渡る。こうして村人たちと協力して、根気よく田植えの作業を続けていくのであった。

◇　　◇

田植えを開始してから、数日後。

「よし、これで終わりだ。皆、よくやったな」

村人総動員の田植え作業が、ようやく完了する。全身が泥だらけになった村人たちに、オレは声をかけてねぎらう。

長時間の中腰での田植えも終わり、誰もが疲れ果てている。

「いやー、凄く疲れたね！」

「でも、去年より終わるのが早かったよね！」

「そうだね！　早く水浴びにいこうよ！」

新しい農機具があっても、やはり田植えは重労働である。だが村人たちの顔は充実感に包まれ、誰もが笑みを浮べていた。

ウルドとハン族、そしてスザクの子どもたちは、元気な笑い声と共に水浴び場に駆けていく。彼らの間には民族の垣根は一切なく、誰もが心の底から本気で接している。

（子どもたちの笑顔か……悪くないな……）

そんな光景を見つめながら、オレは心の中で苦笑いをする。子どもが苦手だったオレも、少しずつ成長しているのかもしれない。相変わらず作り笑顔は苦手であるが。

「ヤマトの兄さま、ここにいたのですね！」

そんな時であった。村の様子を眺めていたオレのもとに、またもや駿馬を駆る少女がやってくる。

「クランか。どうした」

やってきたのはハン族を束ねるクランであった。彼女には数日前に、南方への使いを頼んでいた。

「オルンのラックさんから、この手紙を預かってきました」

「そうか。ご苦労だったな」

村人総出の田植えが終わり、これからひと息つける時期。そのタイミングを見計らっていたかのような、ラックからの手紙であった。

クランから受け取った手紙に目を通す。

「そうか、ウルド商店の準備が整ったか……」

こうして再びオルンを訪れる季節がやってきたのである。

第十章　ウルド商店

「ヤマトさま、オルンが見えてきました」

「ああ、懐かしいな」

　村から荷馬車に揺られること数日、ウルドの特産品を満載した荷馬車隊はオルンに到着した。昨年の秋に訪れて以来、久しぶりの訪問であった。まずは路地裏にある小さな商店に真っ先に向かう。

「いやー、久しぶりっす。ヤマトのダンナ！」

「ああ。久しぶりだな、ラック」

　商店の裏口でラックが出迎えてくれる。相変わらず軽薄な口調だが、人懐っこく安心する笑みであった。

「リーシャちゃんも、お久しぶりっす。あれ、またまた綺麗になりましたね！」

「ありがとうございます。先日で十五の歳になりました。でも、褒めても何もありませんよ、ラックさん」

　褒められたリーシャは満面の笑みを浮べている。十五歳といえば早く大人になりたい年頃だ。

「ラックのオジサン、ちゅーす！」

「無職なオジサン、ちゅーす！」

「おっ。ちびっ子たちは元気っすね。そして、オレっちは、遊び人であって無職じゃないっすよ」

相変わらずラックは、子どもたちに人気があった。適当そうだが不思議な魅力の持ち主で、誰とでもすぐに仲良くなれる。

「挨拶はそこまでだ。荷物を倉庫へ搬入するぞ」

「うん、分かった。ヤマト兄ちゃん！」

「よし、皆やるぞー。競争だね！」

感動の再会も軽く済ませて、持って来た商品を降ろす作業にとりかかる。ウルドの工芸品を次々と運び込んでいく。

「商店は順調みたいだな、ラック店長」

「はいっす！　おかげ様で売れ売れです、ダンナ」

オルンにあるウルド商店の運営は、このラックに任せていた。今年の春から試験的に営業を開始して、今日からが本格的な店舗の始動である。

「ハン族のちびっ子たちが、手早く納品してくれるので助かっているっす」

「高速荷馬車《ハイ・キャラバン》は高速で運送が可能だからな」

冬の間、村にあった普通の荷馬車を、ハン馬が引く高速荷馬車《ハイ・キャラバン》に改造していた。その荷馬車でハン族の子どもたちに、オルンまで定期輸送させていた。

「ウルドの独特の商品は、街の皆さんに大人気っす、ダンナ」

「市場《バザール》でも好評だったから、予想通りだな」

ウルドには独特の文化があり、その高品質な工芸品は街で人気を博していた。倉庫でラックとそんな会話をしながら、オレは店舗の方にチラリと視線を向ける。

（それにしても、あの薄汚れていた店が、こうも見事な商店になるとはな……）

オレが最後に見た数か月前から、店は一変していた。

約十坪ほどの小さな店内には、ウルドの特産品が綺麗に陳列されている。商品の値札の他に手書きの説明文もあり、ウルド文化を付加価値として紹介していた。

（それに人員配置から教育まで、店舗経営もたいしたものだな……）

今も買い物客で店は賑わっており、ラックが雇った店員が対応に追われている。混雑しながらも店内の動線が確保されており、買い物客はストレスなく会計へと進んでいた。

これは現代日本からきたオレの目から見ても、かなり合理的なラックの店舗経営であった。

「さすがだな、ラック」

「そんなことないっすよ。たまたまっす！」

店長としての能力を褒めてやると、ラックは頭をかいて恥ずかしがる。オルンの流行りの店を見て回り、それを参考にしているに過ぎないと謙遜《けんそん》している。

（ただ者ではないと思っていたが……商才もあるとはな……）

改めてラックに対する評価が上がる。軽薄な口調で定職に就かない自由人であるが、なぜかオルン太守代理であるイシスとも交流があった。また街中の情報にも通じており、底が知れない男だ。

（自称遊び人か……）

「そういえば情勢はどうだ？」

ウルド商店の話が終わり、店裏の路地を歩きながら話題を変える。最近のオルン周辺の情勢を、情報通であるラックに尋ねる。

「そうっすね……帝国は大人しいですね……」

オルンの東の先に大国ヒザン帝国があった。昨年の秋にはイシス誘拐騒動もあったが、今のところは問題ないという。

ラックの話によると、帝国は南方遠征に戦力を向けており、他に軍を向ける余裕がないと。だが南方遠征が終わった後には、中央平原に侵攻してくる噂があるという。

「あとは西の神聖王国の連中が、オルンに出入りしているっす……」

この大陸の東西には二つの大国が存在している。東には先ほどのヒザン帝国。そして西にはロマヌス神聖王国である。

「ロマヌス神聖王国か。狙いは何だ？」

「いやー、まだ分からないっす。でも、分かったら連絡するっす」

ラックの情報網は底が知れない。きっと近いうちに神聖王国に関しても、情報を仕入れる自信があるのであろう。

（なるほど……オルンは微妙な立ち位置だな……）

今のところ急を要する情勢への対応はない。だが早めに手を打たないと、オルンは東西の大国から挟まれる危険もあった。そしてオルンの窮地は、ウルド村にも悪い影響を与える。

「ヤマトさま！」

路地裏に少女の美しい声が響き渡る。視線を向けると馬から降りた、二つの人影がこちらに駆けよってくる。

「リーンハルトとイシスか」

「久しぶりだな、ヤマト」

やってきたのはオルンの近衛騎士であるリーンハルト、そして太守代理の少女イシスの二人であった。ウルド荷馬車隊の到着の報告を、門番から受けてきたという。

「ご無沙汰しております、ヤマトさま」

「ああ。イシスも元気そうだな。……悩みごとでもあるのか？」

イシスは前と同じように元気に振る舞っていた。だがその瞳の奥に何やら暗い影があったのを、オレは見逃さない。

「さすがヤマトさまです。実は困ったことが……」

オルンに迫りくる問題を、イシスは神妙な顔つきで打ち明けるのであった。

◇　◇

「つまりロマヌス神聖王国から、圧力があったのか？」

「はい。その通りです、ヤマトさま」

イシスから一通りの説明を聞き終え、その内容を細かく確認していく。

ロマヌス神聖王国とオルンは、これまでは友好的な関係にあった。だが最近になり神聖王国から使者がやってきた。

その内容は『東のヒザン帝国に対抗するために、ロマヌス神聖王国の庇護下《ひごか》に入れ』というもの。聞こえはいいが実質的には、かなり強硬的な内容だという。

「それを断ったのか」

「はい、私の父が……現オルン太守が断りました」

「賢明な判断だ」

オルン太守府の判断に、オレも賛同する。

貿易都市オルンは大陸の中央にある都市国家の一つ。街道が交わる要所であり、大陸中の物資や富が集まる商人の街である。

王国制度は敷かず太守を長とする太守府が、街を管理して栄えていた。以前は病床に臥《ふ》していたイシスの父だが、今は元気に回復して采配を振っている。

「だが強く断るのもマズイな。東西の大国に挟まれる」

「はい……そこで今後について、太守府でも協議していました」

今後の情勢を見極めて、上手く外交戦略を進める必要があるのは確かだ。

「なるほど、イシス。ヒザン帝国に使者を送るのか？」

「は、はい！　その通りです。ですが、よくお分かりになりましたね、ヤマトさま」

オレが導き出した推測に、イシスは目を丸くして驚く。何しろ先ほど太守府で決議された、極秘の内容だという。

「これまでの情報をまとめていけば、簡単だ」

「簡単ですか……さすがは賢者ヤマトさまです！」

日本から転移してきたオレは、この大陸の歴史や情勢を詳しくは知らない。だが歴史の勉強は嫌いではなく、そこから相似する史実を組み合わせた推測である。

「そこで、ヤマトさまに相談がございます……」

いよいよ本題なのであろう。イシスは真剣な表情で口を開く。

「ああ。可能なことなら何でも手伝う」

昨年の秋にオルンで出会ったこの少女に約束していた。〝三個の礼〟を受けた北の賢者として、このオルンを助けることを。

「ありがとうございます！　実は内密に使節団をヒザンに派遣することになりまして……」

「イシスが行くことにしたのか」

「はい、ご名答です……」

国家の命運を賭けた外交ともなれば、要人が行く方が成功の確率が大きい。ならば太守代理であるイシスが適している。

「そこでヤマトさまに、ヒザン帝国までの同行をお願いしたいのです」

「帝国までだと……」

それはまさかの依頼であった。なぜならオレは一介の村人である。国家の命運を賭けた外交の同行を、そんな自分に依頼してくるとはあり得ない。

つまり何かの策があるのであろう。

「なるほどな。交易商人の荷馬車にまじって、帝国まで行くのだろう」

「はい、ご名答です……ぜひお助けくださいませ」

神聖王国を刺激しないように、帝国に向かうとなれば極秘任務となる。ならばイシスが交易商人に紛れて、帝国まで行くのが一番目立たない。策としてはいい考えである。

「もちろん大丈夫だ。オレは約束を守る」

「ありがとうございます、ヤマトさま！」

先ほどまで神妙だったイシスの顔は、パッと明るくなる。おそらくは帝都行きは危険であるため、断られると思っていたのであろう。

「いいのか、ヤマト?」

「ああ、リーンハルト。問題はない」

確認してきたリーンハルトに、オレは任せろと答える。オレの二つ返事に、この騎士も不思議そうにしていた。

（今回のオルンの問題は、ウルドの問題にも繋がるからな……）

北の辺境にあるウルドにとって、オルンの存在は欠かせない。医薬品や必需品は街から仕入れる必要がある。つまり大陸東西のバランスを保つことは、ウルドの平穏を守ることに繋がるのであった。

「こちらも準備がある。出発まで十日位かかるぞ」

第十一章　帝都へ

およそ十日後。全ての準備が整い、ウルド荷馬車隊はオルンを発った。

広大な大地に、石畳の街道が東西にのびている。

これは古代に栄えた超帝国が、大量の奴隷を使役して敷いた街道の一つだ。東西の特産品が交易商人によって運ばれ、異文化が交流する道として、現在も重要な役割を担っている。

そんな街道を東に向かうウルド荷馬車隊。中央に数台の荷馬車を配置し、周りには護衛の騎馬隊の姿も見える。

帝都は大陸でも最大級の都であり、田舎より商品も高値で売れる。ウルドに限らず異民族の荷馬車隊も珍しくない。どこから見ても田舎から出てきた交易隊である。他の商人や巡礼者たちも違和感なくすれ違う。

そうして何事もなく、ヒザン帝国領内に入国を果たした。

◇　　◇

オルンを出発してから、十数日が経つ。

「ヤマトの兄さま。もう少し東に行くと、大きな都があります」

「偵察ご苦労だ、クラン」

「はい！　心づかいありがとうございます、兄さま」

クランの率いるハン族の騎馬隊が、オレの乗る荷馬車まで戻ってきた。周囲に怪しい影はないと報告をしてくる。

「だが油断はするな」

それでも油断をせずに警戒を怠らないように、荷馬車隊の皆に指示を出す。初めて訪れる異国では、ほんの少しの油断が命取りになる。

「いよいよ帝都でございますね、ヤマトさま」

「ああ、そうだな。ここからが本番だな、イシス」

御者台で隣に座るイシスは、オレの言葉に表情を引き締める。今回彼女は商人に変装している。だがイシスにはオルン太守代理としての責務があった。

「だがイシスのおかげで、ここまでは順調だった」

「お言葉、ありがとうございます、ヤマトさま」

オルンからここまでの道中は、順調だった。イシスが偽造で発行してくれた交易許可証のおかげで、途中の国境の検問は無事に通過。許可証がなければ、もう少し時間がかかっていたであろう。

「ヤマト……帝都はオルンとは違う。気をつけていくぞ」

護衛の馬に乗るリーンハルトが、声をかけてくる。普段は騎士の装備の男が、今回は騎馬傭兵風の変装をしていた。

「帝都の案内は頼りにしているぞ、イシス」

「はい。お任せください、ヤマトさま」

今回の一行で、帝都に行った経験があるのはリーンハルトとイシス。あとは後方の荷馬車で車酔いしている、山穴族のガトンの三人だけである。

見知らぬ大都市での案内役として、彼らの情報は当てにしていた。

「オレっちも帝都に行ったことがあるっすよ。ヤマトのダンナ」

「そうだったな。忘れていた」

「そんな酷いっすよ、ダンナー」

そういえば後ろの荷台で騒いでいるラックも、帝都の経験者だった。ウルド商店の責任者であるこの男は、本来ならオルンで留守番のはずだ。だがいつの間にか付いてきていた。


「緊張してきました……ヤマトさま」

「オレがいるから大丈夫だ。リーシャさん」

御者台で隣に座るリーシャは、初めての帝都に緊張していた。

ちなみに彼女はオレを挟んで、イシスと反対側の御者台に座っている。三人で御者台に座るのはかなり狭い。だがリーシャは、強引に座ってきたのである。

「ヤマト兄ちゃんはモテモテだね！」

「そうそう、モテモテ！」

「両手に花だね！」

　荷台に乗っている村の子どもたちは、何やら無邪気におしゃべりをしている。それでも周囲を警戒しており油断はない。

（年長の子たちはたいしたものだな……）

　今回の帝都行きメンバーは、村の中でも少数精鋭である。リーシャとオレが責任者となり、ウルドの子どもたちの年長者を選抜してきた。

　それにクランたちハン族の騎馬隊。また先日助け出したスザクの民の子どもたちも、何人か連れてきた。

（村の方も大丈夫であろう……）

　残りの者には村の仕事を言いつけてきた。最近は村の周囲に危険はない。田植えも終わって落ち着いた頃なので、人手的にも問題ないだろう。

「ヤマト兄さま、帝都が見えました！」

「ああ、オレも確認できた」

　今回の旅の目的地であるヒザン帝国の都〝帝都〟。その巨大な城壁が前方に見えてきた。

（帝都か……何やら危険な〝空気〟が漂っているな……）

　それは言葉にできない、微妙な感覚であった。灰色の城壁を遠目にしながら、オレは心の中でつぶやくのであった。

◇　　◇

堅牢《けんろう》な城壁の城門で手続きを終えて、ウルド荷馬車隊は帝都の大通りを進む。通りには整然と石畳が敷かれ、馬車が数台並んで走れるほど交通網が整備されていた。

「かなり大きい都だな」

「西のロマヌス神聖王国の聖都と双璧をなすのが、この帝都でございます。ヤマトさま」

荷馬車を進めながら、御者台の隣に座るイシスから情報を聞く。

オルン太守代理を務める彼女は、幼い頃から英才教育を受けてきた。一見するとおおらかな雰囲気であるが、その知識は意外なほど豊富である。

「ずいぶんと活気がある都だな」

「帝国は最も勢いがある国の一つですから」

オルンも交易都市として栄えており、決して小さい街ではない。だが、帝都はそれを遥かに上回る規模で広かった。こうして大通りを荷馬車で進むだけで、帝都の活気が感じられる。

「この帝国はもともと国家群の一つでした、ヤマトさま」

「それが近年になり、急速に軍事国家として拡大している……?」

ヒザン帝国は大陸の東端にあり、土地は痩せ生産力は低い。ゆえに昔から周辺国を占領して、そこからの税や献上品で国を保っていた。皇帝が国を統治しており、その座は世襲制度で継承される。

「現在の皇帝は〝獅子殺し〟とも呼ばれる武人の方です」

「なるほど、強者の異名だな」

そんな中でも今の皇帝は、歴代最強といわれている優れた武人だという。即位直後から遠征を繰り返し、帝国の版図を拡大していった。今も皇帝自らが大軍を率いて、南方に遠征しているという。

(この勢いなら、早いうちにオルンまで到達するな……)

道中での情報と帝都の雰囲気から推測する。あと数年もすれば帝国の勢力は、オルンのある中央平原まで及ぶことを。早めの外交戦略が必要なようだ。


「まずは宿に向かいましょう、ヤマトさま」

「オルン御用達の宿とやらか?」

「はい。あそこなら無用な面倒もありません」

今回のイシスの訪問は非公式なものである。高価な上級宿に泊まれば、それだけ明るみに出やすい。

そこでオルン出身者が経営する、小さな宿に泊まる手はずをしていた。そこならイシスやリーンハルトの身元が広まることなく、帝都滞在が可能である。

「そういえばラックさんが……いませんね? ヤマトさま」

「あの男のことだ。気にするな」

荷台にいたはずのラックが、いつの間にか姿を消していた。心配するリーシャに、大丈夫だと声をかける。

（帝都にも詳しいのであろう。それにしても、たいした隠密技術だな……）

誰にも気がつかれないように荷馬車から降り、ラックは帝都の路地裏に消えていた。おそらく彼なりの考えがあっての今回の単独行動なのであろう。そのうちに何気ない顔で、ひょっこり帰ってくるに違いない。

「よし、宿行くぞ」

「うん、ヤマト兄ちゃん！」

「早く帝都のご飯も食べたいよね！」

村の子どもたちは長旅の疲れもなく、相変わらず元気である。オレたちは帝都で世話になる宿を目指すのであった。

◇　◇

宿泊の手続きを終えたオレたちは、二つの班に分かれる。

「ではリーシャさん、市場《バザール》の露店の方は頼むぞ」

「はい！　お任せください、ヤマトさま」

一つ目のウルド露店の運営は、リーシャと子どもたちに任せた。彼女たちはオルンでも経験があり、いざという時の護身術も有する。オレがいなくても自分の身は守れるであろう。逆に子どもたちには過剰防衛をしないように、念を押しておく。

「本当に帝都で露店を出すのですね、ヤマトさま」

「ああ、そっちも重要な仕事だ、イシス」

ウルド荷馬車隊が帝都を訪れた表向きの理由は商売である。だが裏ではヒザン帝国の市場調査も兼ねていた。市場《バザール》は物だけではなく、あらゆる情報が集う場所なのである。

「では、こちらの準備もいいか、イシス？」

「はい、ヤマトさま」

もう一つの班はオレとイシス、リーンハルトの三人。これから帝国の外交官と、裏で交渉のパイプを繋げられる人物に会いにいく。今回は内密の外交ということもあり、正攻法での形式がとれないため、少しだけ遠回りの方法になる。

「では、行くぞ」

「ああ。道案内は任せておけ、ヤマト」

第十二章　赤髪の剣鬼

「ここが目的の屋敷だ、ヤマト」

リーンハルトの案内で、帝都の上級街の一角にある貴族の屋敷にたどり着く。ちなみにオレは商人の恰好、イシスは商家の令嬢風、リーンハルトは傭兵風に変装をしている。

「これはイシスさま、お待ちしておりました」

「ご無沙汰しております」

屋敷の門で執事の一人が出迎えてくれる。オルンを出発する前に早馬で、この屋敷の主に文を出していた。執事は礼儀正しく敷地内へ案内していく。

「懐かしいですね、このお屋敷も」

屋敷の廊下を進みながら、イシスは感慨にふけっていた。途中の廊下や建物はあまり飾り気がないが、かなりの大きさの屋敷である。帝国の基準は分からないが、かなりの地位にある貴族だと推測できる。

「こちらが応接室でございます」

「緊張しますね」

執事の案内で長い廊下を進み、目的の人物がいる部屋にたどり着く。交渉の担当であるイシスは、深呼吸をして気持ちを引き締める。

「失礼いたします、旦那さま」

「おう、入れ」

執事に反応して、部屋の中から男性の低い声がする。執事が開けた扉から、オレたち三人は室内へと入っていく。

「ウラドおじさま、ご無沙汰しております。オルン太守ハジンの娘イシスでございます」

「久しぶりだな、イシス！　すっかり大人の女性らしくなったのう」

質素な応接室の中には、一人の初老の男がいた。

「ありがとうございます。まだまだ若輩者です」

「はっはは……そう、硬くなるな」

イシスは一歩前に出て形式的な挨拶をする。相手は気さくな口調であるが、イシスは令嬢として節度のある言葉を使っていた。そんな彼女の成長を、男は嬉しそうに見ている。

（この男がウラド卿か……イシスの父親の友人であり、帝国の大物貴族……）

オレは部屋の入り口で待機しながら、初老の男をそっと観察する。イシスの話では、このウラドは帝国の上位貴族である。年老いた今は公の場から身を引き、この屋敷でゆっくり暮らしているという。

（だが……かなり〝デキる〟な……）

ウラドの足運びから相手の力量を推測する。武人として実戦をくぐり抜けてきた、腕利きの騎士なのであろう。年老いていながらも、その巨軀《きょく》から覇気《オーラ》が感じられる。

「ハジンは元気にしておるか？」

「はい。父は相変わらずの食い道楽で、元気にしております」

孫娘のような年頃のイシスと、ウラドは楽しそうに話をしている。顔をしわくちゃにして、久しぶりの再会を心から喜んでいた。

（この分だと交渉も上手くいきそうだな……）

ウラドは帝国との外交の鍵を握る存在である。イシスに対する友好度も高く、裏からの依頼も頼みやすいであろう。

「……旦那さまは……今は来客中であります……」

その時、背後の廊下から、先ほどの執事の声が聞こえてきた。おそらくは扉の向こうに他の客がきたのであろう。先客であるオレたちがいるので、執事はそれを制止しているようだ。

「いけません……旦那さまに叱られてしまいます……」

「構わんのじゃ。爺《じい》、入るよ！」

だが執事の必死の制止は無視される。乱暴にバタンと扉が開き、何者かが応接室に入ってきた。

「シルドリアさま……部屋で待つように言ったはずだが」

イシスと楽しそうに話をしていたウラドは、新しい来客に苦い顔をする。その口調からウラドの方が、身分的には下であることが推測できる。

「オルンから腕利きの騎士がきたと聞き、妾《わらわ》も挨拶にきたのじゃ」

入ってきたのは赤髪の美しい少女であった。室内にいたオレたちを見回しながら、小悪魔のような笑みを浮べている。

（帝国の女騎士……乙女騎士《ヴァルキリー・ナイト》か……）

少女はドレスのような騎士服を着て、腰には騎士剣を下げていた。

道中でリーンハルトから話に聞いていた、帝国特有の職務である乙女騎士《ヴァルキリー・ナイト》なのであろう。高い戦闘能力を誇り、一騎当千の猛者という話である。

「噂に聞こえる《十剣《テン・ソード》》のうちの一人、オルン自慢の騎士は、さて……」

少女はゆっくりとこちらに近づいてきた。間近で見ると瞳も燃えるような赤である。

「この中で一番の腕利きは……キサマか!?」

シルドリアと呼ばれた少女はいきなり抜剣する。そしてオレの喉元の血が、赤髪の少女の剣先に流れ落ちていく。

「きゃっ……ヤマトさま！」

「ヤマトから離れろ！」

突然の事態に、オルンの二人は叫ぶ。リーンハルトは腰の剣に手をやり、相手に警告を発する。

「大丈夫だ」

だがオレは二人を手で制する。斬られたのは喉元の薄皮一枚。今のところ問題はなく、無駄に相手を刺激する必要はない。

「ふむ……ずいぶんと余裕があるのう？　ヤマトとやら」

平然とするオレの態度が、少女は気に食わなかったようである。鋭い剣先を更に押しつけてきた。押し込まれた場所から、赤々と血が流れ落ちていく。

あと少しでも踏み込まれたなら、頚動脈を斬り裂かれオレは絶命するであろう。

「たいした抜刀術だ。だが殺気はない」

赤髪の少女の抜刀術は、凄まじい剣速であった。だが少女の剣先には殺気はない。だから抜刀の瞬間が見えていても、オレはあえて動かずにいた。

「ほう、見抜いていたか。かなりの剣士であるな、キサマは」

自分の心中を当てられたにも拘《かか》わらず、少女は嬉しそうに笑みを浮べる。

「オレは普通のウルドの村人だ」

その言葉に嘘はない。日本にいた時のオレは、アウトドアが趣味の普通のサラリーマン。この異世界に来てからも、辺境の村で農業や狩りに携わるだけ。特殊な剣術の訓練を受けてきた経歴はない。

「普通の村人とは、ますます面白い男じゃ……ヤマトよ」

「すまないが冗談は得意ではない」

口下手なオレは面白い話などできない。先日の大剣使いバレスといい、帝国騎士の冗談のツボは分かりかねる。

だが、そんな返答に構わず、少女はオレの全身を観察してくる。

「シルドリアさま、戯《たわむ》れも、そこまでですぞ。そろそろ城にお戻りください」

そんなこう着状態を、この館の主であるウラドが打開する。少し強めの言葉で、剣を構えるシルドリアを諌《いさ》める。

「おお、そうじゃったな。城に戻って兄上のところに行かねば！」

少女は何かを思い出したようである。オレに向けていた剣を下げる。首元から血は流れているが、たいした怪我《けが》ではない。

（シルドリア……かなりの剣の使い手だな）

彼女はあの凄まじい剣速で、ここまで手加減をしていた。下手したら《十剣《テン・ソード》》の一人であるリーンハルト級《クラス》かもしれない。

「ウルドのヤマト、キサマを気にいったぞ。いつでも妾のもとを訪ねてくるのじゃ」

「一方的に気に入られてもオレは困る」

「その態度もよし。では、さらばじゃ！」

シルドリアはそう言い残し、颯爽《さっそう》と部屋を立ち去っていく。いったい何を考えているか見当もつかない。

だが悪意はないような気がする。まるで無邪気な子どものような不思議な少女であった。

シルドリアが去り、応接室に静けさが戻る。

「ワシの知人が騒がせてしまったな……ヤマトとやら」

「たいしたことではない。気にするな」

突然のシルドリアの蛮行に、ウラドは謝罪をしてくる。だがオレは過ぎたことは気にしない性分である。首元を止血して、元の場所に戻る。

「死を前にしていて、かなりの豪胆の持ち主だな」

「問題はなかった。それよりイシスと話を続けてくれ」

口元のヒゲに手を当てながらウラドは、楽しそうにオレを見つめてくる。だがそれよりもこの屋敷に来た本来の目的を、老貴族に果たして欲しい。

「おお、そうだったな。では話を聞こうか、イシス」

「ありがとうございます、ウラドおじさま。実は私たちが帝都を訪れたのは……」

静かになった応接室で、オルン太守代理の少女と帝国の老貴族の話が始まる。一介の村人であるオレは席を外そうとしたが、ウラドから残るように言われた。

どうやらこの老貴族に気にいられたようである。仕方がないのでリーンハルトと共に、両者の会談を聞くことにした。

◇　◇

しばらくして両者の話は終わる。

「では外交官には、ワシから話を通しておこう、イシス」

「ありがとうございます、ウラドおじさま！」

帝国の老貴族との交渉は上手くいった。秘密裏な外交の席を設けてくれることを、ウラドは約束してくれる。

「愛娘《まなむすめ》も同然のイシスの頼み。断るはずがあるまい」

「本当にありがとうございます、ウラドおじさま」

会談が終わりリラックスした雰囲気になる。その雑談によると、イシスの父と旧知の中であるウラドは、イシスを昔から可愛がっていたという。

またロマヌス神聖王国の不穏な動きの情報を、ウラドも摑んでいた。そこでオルンと帝国の会談の必要性を、この老貴族も感じていたという。

「では、連絡をお待ちしております、ウラドおじさま」

「ああ、決まったら宿に連絡の者を送る」

応接室から立ち去ろうとした、その時である。ウラドがオレにだけ聞こえるように話しかけてきた。

イシスとリーンハルトに気がつかれないように、オレは足を止めて話を聞く。

「我がヒザン帝国は急激に版図を広げ、その勢いはある。だが、それだけに〝見えない部分〟が出てきた。イシスを頼むぞ……」

先に行くイシスの背中を見つめ、ウラドは言葉を続ける。大陸の中央にあるオルンは、大陸覇権を巡る鍵となる要所。それだけに太守代理であるイシスの身は、今後も危うくなる可能性もあると警告してくる。

「ああ、言われるまでもない」

「頼もしい言葉だ」

オレの返事にウラドは軽く笑みを浮べる。こうして帝国外交官とのパイプを繋げる、老貴族との会談は無事に終わった。


そして会談から数日後。

「さあ、帝城にいくぞ、イシス」

「はい、ヤマトさま」

こうしてヒザン帝国の最重要拠点、〝帝城〟に向かう日がやってきたのである。

第十三章　外交

帝城に向かう日がやってきた。

「これはウラド卿、ご無沙汰しております！　どうぞお通りください」

「皆の者、元気そうだな」

自分たちが乗っているのは、帝国貴族であるウラドの所有する馬車。オルン側のメンバーはイシスとリーンハルト、そしてオレの三人である。

帝城までの厳重な検問を、馬車は次々と通過していく。門番による検査もなく、俗にいう顔パス状態である。

「たいした地位だな、ウラド」

「ガキの頃から戦場でひたすら剣を振るっていた。その結果だ、ヤマトよ」

多くの帝国兵から一目置かれているウラドに、同乗するオレは感心する。

老いたウラドは、既に軍の表舞台からは身を引いていた。だが、門番たちの対応から、このウラドという老貴族のこれまでの生き様が感じられる。

「ヤマトさまは落ち着いていますね……帝城を目前にしても……」

隣の席に座るイシスは、こわばった顔で口を開く。オルンの命運を賭けた重大な交渉が、これから彼女を待っている。それを考えると気が気ではないのであろう。

「交渉相手は皇帝本人ではなく、普通の文官だ。そこまで緊張をする必要はない、イシス」

「なるほど、そんな前向きな考え方もあるのですね……ありがとうございます、ヤマトさま！」

オレのアドバイスに、イシスは落ち着きを取り戻す。顔色もよくなり、いつもの彼女らしい笑みを浮べる。これならば万全の状態で、交渉のテーブルにつけるであろう。

万が一に備えて事前の段取りをしているが、交渉の場で何事もないことを祈る。ちなみにオレたち三人以外の荷馬車隊のメンバーは、帝都の市場《バザール》で商売をしながら待機している。

「帝国側のワシを目の前にして、手の内を隠さぬとは。やはり剛の者だな、ヤマトは」

そんなオレたちのことを、ウラドは感心して見ている。数日前の出会いの時から、この老貴族はオレのことを買っていた。シルドリアと呼ばれたあの少女とのやり取りが、よほど気にいっていたのであろう。

「だが今の帝国の中には厄介者もおる……気をつけるのだぞ、イシスよ」

「はい……ウラドおじさま」

優しいながらも真剣なウラドの言葉に、イシスは気を引き締め直す。この老貴族が同行してくれるのは途中まで。その後の交渉の席には、オルン太守代理であるイシスだけが座れるのである。

「ウラドさま、到着いたしました」

馬車から降りたオレたちは、帝城の敷地内にある豪華な館に案内される。太守代理であるイシスだけが先に部屋に通され、オレたちはしばらく待機させられた。案内人の話では、ここは国家間の重要な外交を行う館だという。

　そして案内人にその中の一室に通されると、既に帝国の外交官との交渉は始まっていた。

「ここに来た経緯《いきさつ》は分かりました、イシス殿」

「ご理解ありがとうございます」

　交渉の席についていたのはオルン側のイシスと、帝国側の上級文官の二人だけである。それ以外の者たちは、付添人として背後に立っていた。こちら側はオレとリーンハルトの二人。相手側には十人もの帝国兵が立ち並んでいる。

　ちなみにオレたちの主だった武装は、館の入り口で預けていた。手元に今あるのは、護身用のナイフが各自一本だけである。それに対して帝国兵は剣や槍で武装していた。

「つまり……これは友好条約締結の検討ですか、イシス殿？」

「はい。オルンと貴国との友好関係を深めたい……というお話です」

　イシスと帝国外交官との交渉は、内容の確認にはいっている。これまで遠く離れた領土の両者であり、特に友好関係を結んだ前例はなかった。

「我々オルンと貴国の距離は狭まりました」

「たしかに。それも我らが陛下の偉業であります」

　急速に版図を広げる帝国と、オルンの距離は狭まってきた。先日のイシスの誘拐事件の時のように、帝国騎士団が進軍してくることも可能だ。

イシスが帝都に来た目的は、帝国とオルンとの友好関係を強化すること。それにより大陸の軍事バランスを保つことであった。

これは多方面に遠征を繰り返す帝国にとっても、悪い話ではないはずである。

「なるほど……つまり簡潔な言葉で表すと『ロマヌス神聖王国に対抗するために、栄光ある我らヒザン帝国の武力を借りたい』ということですね？」

「いえ、そこまで私は申しておりませんが……」

「こちらでは、そう解釈いたしました」

だが帝国外交官は、イシスの提案を何やら勘違いしていた。いや、十分に理解した上で別の言葉にすり替えてくる。

最初から一変した強硬な態度。そんな相手の豹変ぶりに、イシスは言葉を失っていた。

「では、こうしましょう、イシス殿。この書類に判を捺《お》してもらえれば、栄光ある我ら帝国軍が、貴国オルンの平和を保障いたしましょう！」

帝国外交官は一枚の書類を取り出し、イシスの手元に差し出す。やや演技がかった流れであるが、混乱していたイシスはその書類に釘付けになる。

（軍事支援の条約書か……）

身体能力と共に視力も向上していたオレは、背後から書類の内容を確認する。簡潔に説明するなら『オルンが有事の際には、帝国軍が救援に駆け付ける』という内容であった。

（ずいぶんと用意周到なことだな……）

おそらくウラドからイシスのことを聞き、急ぎ作成した書類なのであろう。帝国主観で一方的とはいえ、よくできた文書であった。

「ですが……これは一方的な条件です。オルンを属国にするつもりですか!?」

書類の全文に目を通したイシスは、思わず大きな声を発する。穏やかな性格の彼女にしては珍しい激情。だがイシスの感情の高ぶりも仕方ない。

軍事支援と聞こえはいいが、実際にはかなり危険な条約である。支援を名目に駆け付けた帝国軍が、オルンの街を占領できる内容であった。

「はて……何のことでしょうか、イシス殿？　属国などと危険な言葉を」

だが帝国外交官は表情を崩さない。まるで勝負師のように、自分の本性を決して見せない対応である。人としては油断ならないが、外交では有能な男なのであろう。

「ですが……」

「ちなみにオルンとの交渉は、私が担当であります。この方針が変わることはありません」

焦るイシスに対して、相手は追撃を仕掛けてきた。帝国のオルンに対する政策が、今後も変わることは絶対にないと宣告してくる。

（二大国を敵に回すか、帝国に服従するか。その内から一つを選択か……）

二人のやり取りを聞きながら、オレは情報をまとめる。

オルンには現在、大国ロマヌス神聖王国の圧力が迫っていた。それに対抗するためにこの帝国にイシスは来ている。だが帝国外交官もオルンに圧力をかけてきた。

このまま交渉が長期戦になるのは、オルンには不利である。急速に移り変わる情勢に対応するために、早急な判断がイシスに求められていた。

（イシスは聡明だ。だが、ここにきて若さが裏目にでたか……）

イシスは幼い頃から英才教育を受けてきた、才能ある少女である。そして多くの市民の声を聞き出し、実行する熱意も兼ね備えていた。

だが外交に関しては明らかに経験不足。特に今回は相手が悪かった。相手は実力主義のヒザン帝国で、上級外交官まで登りつめた男である。

「さて、返事は早めにいただきましょうか、イシス殿？　私も暇ではありません」

「そ、そんな、ことを言われても……」

急かされて頭が真っ白になってしまったのであろう。イシスは打開する言葉が全く出てこない。

こうなってしまえば今日の交渉は終わりである。結果でいえばオルン側の敗北。

「イシス、交渉は終わりだ」

交渉の席に着いているイシスの肩に手を置き、オレは宣言する。使者としての彼女の役割は、ここで終わったと声をかける。

「ヤマトさままで……そんな……」

「ヤマト、キサマ！　イシスさまを見捨てるのか⁉」

オレのまさかの言葉に、イシスは悲痛な表情を浮べる。一方でリーンハルトは怒りの感情をぶつけてくる。おそらく〝北の賢者〟として助け舟を、オレが出してくれると思ったのであろう。

「おやおや……仲間割れですか？　失敗をしたからといって、喧嘩はよくありませんよ」

いやらしい笑みを浮べながら帝国外交官は、こちらの様子を眺めてくる。二枚舌と駆け引きで成り上がってきたであろうこの男にとって、相手側の仲間割れは〝最高のご馳走〟なのかもしれない。

「勘違いするな、イシス。『こんな帝国のヤツら相手に交渉する意味はない』と言ったのだ」

「えっ……ヤマトさま……」

「ヤマト……お前は……いったい……」

「それは偽造文だ」

唖然《あぜん》とする二人に、言葉足らずな部分を続けて説明する。

先ほど帝国外交官が差し出してきた条約書は、よくできた偽造文であると。模写しているが、筆跡やサインが別人の書いたものである。

視力や観察眼が著しく向上しているオレは、その偽造を遠目で見抜いていた。

「偽造文を提示してくるような愚国は、いずれ腐り堕《お》ちる」

今は勢いがあるかもしれないが、この帝国の将来は明るくない。ここで無理をしなくても、オルンが生き延びる道は他にも数多くある。

「偽造文？　何を証拠に……」

「他の外交官と照らし合わせたら分かるだろう。それにお前は嘘をつく時に、不自然に眼球が右上に動くようだ」

「なっ……!?」

偽造文の言葉に反論してきた外交官に、オレはズバリと伝える。

かなり微妙な反応であったが、オレはそれを見逃さなかった。

「帝国との交渉は時間の無駄だ。イシス、帰るぞ」

「キ、キサマぁ……商人の分際で……栄光ある我ら帝国を侮辱して……」

帝国外交官は声を震わせていた。先ほどまでポーカーフェイスだった顔は、怒りで真っ赤に染まり言葉も荒くなる。おそらくこれが男の本性なのであろう。

「どうした顔色が悪いぞ。それに心音にも異常がある」

「なっ……なっ……」

この程度のやり取りで冷静さを失うとは、交渉に携わる者としてはまだまだである。厳しい日本社会で働いていたオレから見たら、未熟以外の何ものでもない。

「不敬罪だ……許さん……お前たち、コイツらを斬り捨てろぉ！」

激昂した男は叫ぶ。そして待機させていた帝国兵に命令をくだす。

「ですが……」

「ここでの事実など、いくらでも隠ぺいできる！　殺せぇ!!」

「……はっ！」

乱心している外交官の命令に、帝国兵たちは従う。支離滅裂な命令であるが、上官には決して逆らえないのである。

「これも命令……悪く思うなよ……」

十名の帝国兵たちは次々と剣を抜き、鋭い剣先をこちらに向けてくる。一方でこちらの戦力は、ナイフしか持たないオレとリーンハルトの二人だけ。非力な少女であるイシスは、戦力として数えない。

（逃げ道は塞がれたか……）

イシスを背後に庇《かば》いながら、室内の状況を確認する。唯一の逃げ場である出口も閉ざされ、オレたちは完全に包囲されていた。鉄格子のある窓からも、脱出は無理であろう。

「証拠を残すな。皆殺しにしろ！」

外交官は兵の後ろに隠れ、勝ち誇った顔で命令を下している。単純な戦力差は数倍であり、武装した帝国兵の優勢を疑う余地はないのであろう。

「リーンハルト、イシスのことを頼むぞ」

「ああ、言われるまでもない」

状況の確認を終え、イシスをリーンハルトに託す。そして手元にある唯一の武器を手にする。武装した帝国兵が相手だが、この数ならナイフ一本で大丈夫であろう。

「はっ！　そんなナイフ一本で何をしようというのだ!?」

オレたちの抵抗する様子を、外交官は嘲笑している。

「できれば誰も殺すなよ、ヤマト」

「善処はする」

だがそんな外交官の反応など、オレたちは無視する。相手は十名の帝国兵であり、男は戦力として見ていない。

「さて、いくぞ」

異世界にきた影響で強化された身体能力。その健脚で帝国兵の中央に、オレは駆けていくのであった。

◇　◇

応接室での戦いは終わった。

時間にして開始から数分は経ったであろう。一方的な結果で幕を閉じていた。

「うっ……」

「ぐへっ……」

応接室に苦悶の声が響く。その声は床に倒れている帝国兵からであった。彼らの剣はオレたちが取り上げ、既に無力化している。

(帝国兵か……〝普通〟だったな……)

たしかに戦が続く帝国兵の練度は高い。だが実際に対峙した感想は普通であった。

それに比べてこちらは《十剣《テン・ソード》》の一人である騎士リーンハルト、そして身体能力が常人より遥かに強化された自分。結果として一方的に帝国兵を打ちのめした。相手は命に別状はないが、しばらくの間は悶絶して動けないであろう。

「バ、バカな……化け物か……」

一人とり残され外交官は唖然としていた。目の前で起こったことが信じられず、言葉を失っている。

何しろたった二人に、十人の帝国兵が一瞬で制圧されてしまったのだ。戦場を卓上の数字でしか見ていない文官に、信じろという方が難しいのかもしれない。

「さて……この後はどうする、ヤマト？」

室内の安全を確認したリーンハルトは、今後の計画を尋ねてきた。外交官は青ざめ大人しくなっているが、ここからの交渉再開は明らかに不可能である。

「帝都にいても意味はない。オルンへ戻るとするか」

「やはり、そうきたか……」

その提案にリーンハルトは、やはりかといった表情である。生真面目な男であるが、その提案には賛成していた。

「バ、バカかキサマら？　この帝城から……そして帝都から逃げられると思っているのか!?」

オレたちの今後の行動について、外交官は逆上しながら嘲笑してくる。

いくら腕利きであろうが、所詮はたったの二人。完全武装の兵士がいる城門を突破できるはずはない。栄光あるヒザン帝国バンザイと、男は誇らしげに叫んでくる。

「帝都に遊びにきた訳ではない。あの程度の城門なら突破できる」

「なっ!?」

外交官は絶句しているが、ここを突破できる自信はあった。武器は転がっている帝国兵から、いくらでも調達できる。そしてオレならばイシスを担ぎながらの移動戦闘が可能である。

更に有事に備えて帝都の市場《バザール》に、ウルド荷馬車隊を待機させていた。

オレの馬笛の合図一つで、彼らは強力な荷馬車型の戦車《チャリオット》に早変わりする。その後はハン馬の馬脚もあるので、帝都からの撤退も可能であった。

「さあ。いくぞ、ヤマト！」

「いや、待て……」

リーンハルトが部屋の出口に向かおうとした、その時であった。ここに向かってくる気配を察知したオレは、その動きを制する。

「これは、帝国兵の増援だな……」

気配から迫る者たちの正体を特定する。このまま部屋を出たら、狭い廊下で鉢合わせになる危険性があった。

「おお、援軍か!?　栄光ある帝国軍の精鋭が、私を助けに来てくれたのだ！」

オレの言葉に反応して、外交官は表情を一変させる。先ほどまでの真っ青な顔から、逆転勝利に歓喜していた。もはやここまでくると不快を通り越して、憐《あわ》れな男でもある。

だが今はこんな小物に構っている暇はない。迫る帝国兵の戦力を更に探る。

（ん？　……この気配は……まさか……）

その中に覚えのある気配を、オレは感じた。数か月前に接したことがある人物である。

たちである。

「この応接室か……」

扉の向こう側から男の声がする。そして軍靴《ぐんか》の足音が止まり、大勢の兵の気配がする。

気配から推測するに、先ほどの帝国兵とは比べものにならない多くの兵。そして鋭い殺気の猛者たちである。

「入るぞ」

男の声と共に、扉はゆっくりと開かれる。そして真紅の長衣を着込んだ一人の騎士が、その姿を現す。ゆっくりと隙のない動きで、騎士は室内に入ってくる。

「これはいったいどういうことだ？」

騎士は室内の状況を観察して、冷静な口調で問いただす。問うべき視線の先には、またもや真っ青な表情に急変した外交官がいた。

「ロ、ロ、ロキ殿下……」

外交官が口にしたように、やってきた騎士はヒザン帝国の皇子ロキ。数か月前に対峙した真紅の騎士が、再びオレの目の前に現れたのであった。

「ロ、ロキ殿下……な、なぜこのような場に……」

まさかの大物の登場に、外交官は身体《からだ》を震わせ絶句していた。皇帝の実子たる皇子が、こんな場に登場するとは思っていなかったのであろう。

「オルンから使者が来たと聞いて駆けつけた。だが卿《けい》から報告はなかった、実に不可思議だな」

「そ、それは……」

報告を怠った外交官に、ロキは氷のような鋭い視線をおくる。男は二枚舌でこの場を乗り切ろうにも、ロキの圧力を受け言葉が続かない。

「他にも聞きたいことがある」

ロキは鋭い質問を続ける。この外交官には以前から職権濫用の疑惑があったと。勝手な交渉を行い、各所に賄賂を強要していた疑惑があったとも。

「そっ、それは……我らが帝国のことを思っての……」

「捕えよ」

「はっ！」

ロキの合図で同行してきた騎士が、外交官を拘束する。彼らはロキの直属の騎士であり、貴族すら拘束する権利を持っていた。真っ青な顔の外交官はそのまま連行されていく。

「転がっている兵たちは、宿舎で介抱してやれ」

「はっ！」

床で気絶していた帝国兵も、次々と運び出されていく。オレとリーンハルトが手加減して打ちのめしたので、彼らは命の心配はないであろう。

そして部屋に残るのは、わずかな者だけになる。オレたち三人と皇子ロキ。あとは数人の護衛騎士のみ。

先ほどまでの喧騒が嘘のように、応接室は静かになる。

「迷惑をかけたな、イシス殿」

「こちらこそ助けていただき、ありがとうございます。ご無沙汰しております、ロキ殿下」

「こうして会うのは久しぶりだな、イシス殿」

ロキはイシスに歩み寄り、謝罪と挨拶をする。イシスも改まった態度で接していた。その互いの口調から、昔からの顔見知りだったと推測できる。

「さて……」

イシスと軽く挨拶を済ませてから、ロキはこちらに身体を向ける。そこにいるのは普通の村人であるオレだけであった。

「貴君が噂のウルドのヤマト殿か？」

「何の噂か知らないが、ウルド村のヤマトで間違いはない」

初対面であるロキに対して、オレは丁寧に名乗る。相手は大国の権力者の一人であり、下手な対応はできない。

「ウルドのヤマト殿……どこかで会ったことは？」

「気のせいだろう。帝都に来たのは初めてだ」

ロキの問いかけに初対面だと答える。だが実際には顔を会わせるのは二回目であった。

一回目はイシスが帝国の貴族商人に誘拐された時。あの時オレは変装していたので〝山犬団のヤマト〟としか名乗っていない。

「そうか……」

ロキは何気ない会話をしながら、オレの全身を静かに観察してくる。おそらくはこちらの器量を測っているのであろう。オレはそれに対して自然体で対応する。

「なるほど……バレスの言っていた通りの男だな」

「ヒザン帝国の騎士バレスか？　オルンの市場《バザール》で客として会ったことがある」

「面白い男がいると、そのバレスから噂を聞いていたのだ」

ロキは笑みを浮べながら、こちらを見つめてくる。それは知性と覇気《オーラ》を併せた武人の視線である。

「さて……」

オレとの対話を終えたロキは、再びイシスに身体を向ける。再び穏やかな皇子の顔に戻っていた。

「オルンとの外交に関しては、私も興味がある。後日、場所を変えて話を聞こう、イシス殿」

「えっ……ロキ殿下が……自らでございますか……」

まさかの事態にイシスは言葉を失う。なぜならオルンとの外交の席に皇子が着くとは、想像もしていなかったのである。だが、これは再度交渉を行う好機でもあった。

（ロキとの交渉か……）

この真紅の皇子が切れ者であることは、初めて会った時から感じていた。武力と知力を兼ね備えた、かなりのくせ者である。

（さて再交渉は、吉と出るか凶と出るか……）

こうしてオレたちは改めて、皇子ロキと交渉をすることになった。

第十四章　皇子とヤマト

帝国外交官とのやり取りから、数日後。

「なるほど。オルン側の主張は分かった」

「ご理解を感謝します、ロキ殿下」

改めてオルンと帝国の交渉の場が設けられる。イシスとロキの話し合いは無事に終わっていた。

数日前の交渉とは違い、この日は帝城の奥にある皇族専用の執務室。オルン側のメンバーは前回と同じくオレとイシス、リーンハルトの三人である。

「数日後に帝国幹部による会議がある。そこで協議して返事をしよう、イシス殿」

「ありがとうございます、殿下」

今回の交渉は今のところ順調に進んでいた。話によるとロキは以前から、オルンの地理的な重要性に気がついていたという。

帝国とオルンはこれまでも、ある程度の交流はあった。そして今後は友好関係を構築していくことで、更なる利が両国に生まれることをロキは見抜いていた。

（ここまで外交を重視しているか。このロキという男、やはり腕が立つだけの武人ではないな……）

イシスの背後で付添人として立ちながら、ロキの評価を改める。

ヒザン帝国は今最も勢いのある国だが、その軍事力や物資は無限にある訳ではない。ゲームの世界と違い、兵は抱えているだけで大量の食料を消費する。

また消耗品である武具の予備も、大量に必要になる。帝国ほどの大国を戦だけで維持していくのは不可能。そんな中でロキは広い視野を持ち、オルンとの外交を重要視していた。

「以上になりますが……ご意見はありませんか、ヤマトさま？」

両国代表の話し合いもまとめに入る。イシスは後ろを振り向き、オレに意見を求めてきた。〝北の賢者〟として何か補足や質問はないかと尋ねてくる。

「交渉自体は特に問題はない。ところで私的な質問をしてもいいか、ロキ？」

「別に構わない」

常識的に一介の村人は、高位である皇子に質問できない。だがロキは快く了承して、オレの言葉を待っている。ちなみに異国人であるオレは敬語が苦手であると、ロキはイシスから聞かされていた。

「この帝国は〝大陸統一〟を目指していると聞く。だが統一した後の世界を、どう考えている？」

オルンと帝国との外交。そして西の神聖王国との関係も、今後は重要かもしれない。だがもっと先の展望を聞きたかった。

「皇子の一人として、帝国市民のために命をかけるつもりだ」

ロキは冷静な口調で言葉を続ける。自分は継承権の低い第三皇子である。だが民のために全力を尽くしていくと。

そんなロキの真摯《しんし》な言葉に、背後に控える騎士たちが反応する。さすがはロキ殿下であると、感動している。

「行儀のいい答えだ。だがオレが聞いたのは違う……」

だがオレはそんなロキの答えを否定する。そして分かりやすいように問い直す。

「ロキ……燃える野望に満ちた、あんたの腹の底の答えを聞きたい」

「なっ!?」

「キサマ!?」

オレのまさかの問いに、帝国騎士たちが声をあげる。彼らはロキ直属の精鋭である真紅《クリムゾン》騎士団。

交渉には口を出さないように、事前にロキから命令されていた。

だが自分たちの主を挑発されては黙っていられなかった。

「先ほどから黙って聞いておれば、不敬な！」

「殿下！　こやつを斬ることをお許しください！」

騎士たちは腰の剣に手を置き、今にも斬りかかってくる勢いである。

その鬼のような気迫は、先日の打ち倒した帝国兵の比ではない。彼らは心からロキに忠誠を誓っている精鋭騎士なのである。

「待て」

そんな血気に逸《はや》る部下たちを、ロキはスッと手だけで制する。

「はっ！」

「失礼しました、殿下……」

激昂していた騎士たちは、その一言だけで冷静さを取り戻す。この一連の流れだけで、ロキのカリスマ性が垣間見《かいまみ》える。

「ウルドのヤマト、率直に聞く。先ほどの問いの真意は何だ？」

ロキは先ほどとは少し違う口調で、静かに問いかけてくる。相変わらず氷のように冷静沈着な表情。だが瞳の奥には野望に満ちた炎が燃えていた。

「真意か。オレの故郷には『鳴かぬなら殺してしまえホトトギス』という名言がある……」

戦国時代の覇王をたとえた名言を、口にしてロキに説明をする。

今のヒザン帝国は大軍を率いて大陸制覇を狙う、まさに覇王の道を進む。だが聡明なロキには、他とは違う可能性を見出《みいだ》していたと伝える。

「なるほど……そういう意図か、ヤマト」

「ああ、〝栄枯盛衰《えいこせいすい》〟……重要なのは統一ではなく、その後だ」

地球の歴史上でも、永遠の王国や帝国は存在しなかった。どんなに強力な武力や技術を有していても、いつかは必ず衰退して滅びていく。そんな栄枯盛衰の意味も含めて、ロキに真意を伝える。

「そこまで先を読んでいる者が、この私以外にいたとは……さすがは北の賢者だな」

「そんな大層な男ではない。ただのウルドの村の住人だ」

ロキは静かに頷き、オレの言葉の真意をかみしめていた。まさか一介の村人であるオレが、皇子と同じ感覚をもっていたことに驚いている。

（さすがだな……ロキ……）

だがオレも心の中でロキに敬意をはらう。何しろ遥かに進んだ文明からきた自分の真意を、この皇子は瞬時に理解していた。

恐ろしいほどの頭の回転の速さと、類《たぐい》まれな先見性である。ヒザン帝国の第三皇子ロキ。やはり油断はできない男であった。

「失礼します！」

ロキの返答を待っていた、その時である。会談していた執務室に、一人の男が駆け込んできた。

「殿下、急ぎのご報告がございます！」

息を切らせ駆け込んできたのは騎士であり、鎧からロキ直属の騎士だと推測できる。

「どうした。貴君らしからぬ取り乱しようだぞ？」

「申し訳ありません！　急ぎ殿下のお耳に入れたいことがありまして……ですが……」

オレたちオルン側の姿を確認して、騎士は言葉を濁す。おそらくは部外者には聞かせたくない極秘報告なのであろう。

「よい。ヤマトは私の認めた者だ。報告しろ」

ロキはこちらに視線を向けて、騎士に報告を続けるように命令する。

「はい、それならば。バレス卿の率いる調査隊が、霊獣の群れに襲撃され行方不明に！」

「何だと!?　あのバレスが……」

まさかの報告にロキの顔色が変わる。先ほどまでの冷静沈着さから一変。絶対的に信頼していた友バレスの凶報に、心が揺れてしまったのであろう。

（騎士バレス……あの大剣使いが、霊獣の群れに……）

そんなオレも心の中で驚愕する。数か月前に剣を交えたバレスの凶報に。そして人外である霊獣の降臨の報告に。

「霊獣の群れだと……樹海にいるなどという記述はなかったはずだ」

ロキは息を整えて、騎士に詳細を問うていく。だが表情にはまだ動揺が見えている。

「はい……逃げてきた生存者の話では、調査隊が遺跡にたどり着いた直後に、数体の霊獣が降臨したとの報告です」

「まさか……遺跡の守護者《ガーディアン》か!?」

内容的に機密事項なのであろう。だが部外者であるオレたちに構わず、ロキは話を続けている。

「よしっ……部隊を編成して樹海に向かうぞ」

友であるバレスを救出するために、ロキは精鋭部隊で出陣することを決意する。総大将はロキが務め自ら樹海に向かうと。

「殿下……落ち着いてくださいませ。〝呪い〟を持つ魔獣に、それは愚策でございます」

「くっ……そうだったな、爺《じい》……」

後ろに控えていた老騎士が進言する。霊獣相手に軍を派遣するのは、逆に危険であると。そのやり取りからこの老騎士が、ロキに対して信頼と発言権を有していることが窺《うかが》える。

(霊獣か……たしかにアレは厄介な相手だ……)

ロキたちのやり取りを聞きながら、オレは霊獣に関する情報を思い出す。この世界には霊獣と呼ばれる謎の獣が、突如として降臨する。

外見は獣を模しているが、生態などは一切不明。降臨する場所に規則性はなく、突如として現れる。そして霊獣は凶暴な力と、不思議な力を持っていた。

(〝呪い〟か……たしかにアレの前には、どんな大軍でも意味を成さないな)

霊獣の持つ不思議な力の中で、一番厄介なのが〝呪い〟である。それは圏内にいる生物を強制的に操り、同士討ちにさせる恐ろしい催眠効果があった。

それゆえに軍隊など大人数での討伐は不可能。倒すにはたった一人で立ち向かうしかないのである。

(だが霊獣の戦闘能力は普通ではない……)

〝呪い〟がなくても霊獣の戦闘能力は段違いに高い。公式的にはここ数十年で討伐した強者《つわもの》は、この大陸には誰一人としていない。

『霊獣は国を滅ぼす。去るまで手出し無用』

そんな格言もあり、王国ですら霊獣には手を出さない。まさに禁忌の存在なのである。

「私が一人で救出に行こう！　……この魔剣と私ならば……」

「いけません、殿下！　霊獣相手に万が一のことがあれば、一大事であります」

単身で向かおうとする皇子を、老騎士は強い言葉で諫《いさ》める。帝国軍の中でもロキは五本の指に入る優れた武人。だが皇子である身に万が一のことがあってはならないと。

「だが今の帝都に自分以外の魔剣使いはおらんぞ……」

「ここはバレス卿を信じて待ちましょう、殿下」

ロキと老騎士のやり取りから、今の状況が窺える。帝都には多くの騎士兵士団が駐在している。だがロキやバレスと同レベルの騎士は、各地の前線に出陣しており不在だった。

「くっ……友の窮地を前に、私は無力だ……」

自分の無力さにロキは言葉を失っている。

本心を言えるなら皇子の地位を捨ててでも、今すぐバレスの救出に向かいたいのであろう。だがそれでは家臣たちも、主を止められなかった罪が問われてしまう。ロキ一人の勝手な行動のために、多くの部下の命が失われてしまう。

「仕方があるまい……」

ロキは深呼吸をして息を整える。その顔には氷のような冷静沈着さが戻っていた。皇位ある者は多くの命を救うために、一人の友の命を見捨てる冷静さも必要。ロキは苦渋の選択を決意していた。

だがその強く握りしめすぎた拳から、無念の血が流れていく。そして室内にいた帝国騎士の中にも、あまりの無念さに涙する者たちもいた。

誰も口を開くことができない空間を、沈黙の空気が支配する。

「話は済んだか？」

ロキたちのやり取りが終わったのを見計らって、オレは口を開く。室内にいる騎士たちの視線が、こちらに一斉に向けられる。

「ヒザン帝国の皇子ロキ。もう少し骨がある男だと思っていた」

「キサマぁ！　殿下を侮辱するのか!?」

「許せん！」

オレの言葉に場の空気が一変した。

帝国騎士の誰もが怒りで興奮し、剣の柄《つか》に手をかける。それは誇り高き騎士の姿ではなく、感情に任せて荒ぶる獣であった。

目に見えるほどの殺気が、一気に押し寄せてくる。だが構わずオレは言葉を続ける。

「ロキ、樹海までの道案内を手配してくれ」

「なっ……」

「キサマ何を言っているのだ……」

オレのまさかの言葉に、興奮していた騎士は言葉を失う。なぜ霊獣が降臨した樹海への道案内を、部外者が必要とするのか。その真意がつかめず誰もが混乱している。

「ウルドのヤマト……貴君はまさかバレスの救出に……」

「ああ、そうだ」

この場にいる中でロキだけ、オレの真意を理解していた。先ほどまでは冷静さを失っていたが、今はその顔に覇気《オーラ》が戻っている。

「だが霊獣を相手に貴君では……」

「霊獣はこうして倒したこともある。だから大丈夫だ」

オレは懐から一つの欠片《かけら》を取り出し、心配するロキに説明する。詳しくは話せないが霊獣を討伐した経験が自分にあると。

「それは、まさか……宝物庫にある核《コア》と同じ輝き……」

驚愕するロキの言葉にある通り、オレが示したのは核《コア》であった。岩塩鉱山にてオレたちが討伐した霊獣の心臓部。その反応からロキも目にしたことがあるのであろう。

「まさか〝霊獣殺し《レイジユウ・スレーヤー》〟だったのか、ウルドのヤマト」

「我ら帝国の開祖と同じ称号を……」

「信じられん……」

ロキの言葉を聞き、室内にいる騎士が一斉にざわつく。まさか霊獣を討伐した猛者が辺境のウルド村にいるとは、想像もしていなかったのであろう。

「だがウルドのヤマトよ。貴君はなぜ危険を冒してまで樹海へ？　もちろん褒賞金なら望むだけ与えるが……」

「勘違いするな、ロキ。オレはあの男……バレスに貸しがある。それだけだ」

腰から一本のナイフを取り出しながら、オレは説明する。これはオルンの市場《バザール》でバレスから投擲《とうてき》されたナイフ。死んでしまったら、あの時の貸しを返してもらえないと。

「こう見えてオレは、貸し借りにはうるさい性分でな」

「ウルドのヤマト……貴君は……」

ロキは言葉を失っていた。まさかそんな単純な理由で、危険なバレス救出に名乗りを上げるとは思ってもいなかったのであろう。

「さあ、時間との勝負だ。準備を急ぐぞ」

こうしてバレスを救いだすために、霊獣の降臨した樹海に向かうことになった。

◇　◇

樹海に向かう準備をするためにロキと別れ、オレたちは帝都の市街地へと戻る。

「あっ、ヤマト兄ちゃんが帰ってきたぞ！」

「イシス姉ちゃんに、リーンハルトの兄ちゃんもいるぜ！」

市場《バザール》で露店を開いている、村の皆と合流する。いつものように子どもたちは元気に売り子をしていた。

「おっ、ダンナ、お帰りなさいっす！」

到着直後に姿を消していたラックも、何気ない顔で戻っていた。相変わらず雲のように捉えどころのない男である。

「ヤマトさま、おかえりなさい。予定よりも早かったですね」

露店を任せていたリーシャは、オレたちの早い帰還を不思議そうにしていた。本来ならロキとの交渉の後も用事があり、夕方までは戻らない予定であった。

「リーシャさん、今日はもう店じまいだ。皆に大事な話がある」

「……はい、ヤマトさま、分かりました」

突然のことにリーシャは、一瞬だけ言葉を詰まらせる。だがすぐに事情を察して、子どもたちに露店撤収の指示をだす。

この辺の阿吽《あうん》の呼吸は、この二年間で苦楽を共にした賜物《たまもの》かもしれない。

◇

◇

市場《バザール》から常宿に戻り、今回の事情を皆に説明する。

「分かりました、ヤマトさま。困っている方の救出に向かうのですね」

「ああ、そうだ、リーシャさん。岩塩鉱山の時と同じように、皆は樹海の外で待機してくれ」

「うん！　任せてよ、兄ちゃん！」

「霊獣は危ないからね！」

リーシャと子どもたちは、今回の作戦をしっかりと理解してくれた。前回の岩塩鉱山で実際に霊獣と対峙した者は、その恐ろしさを知っている。

作戦としてウルド荷馬車隊は、樹海の入り口で待機。バレスたちを救出した後に、帝都まで輸送を担当してもらう。

「ガトンのジイさん。今回は無茶するなよ」

「ふん。分かっておるわい、小僧」

今回も同行しているガトンに、無茶をしないように釘を刺しておく。この老鍛冶師は仲間を殺された想いが先行して、前回は霊獣に対して無謀な突撃をした。

あの時は運よく助かったが、幸運はそう続くものではない。リーシャたちと一緒に荷馬車で待機してもらう。

「それにしても樹海の遺跡っすかー、ダンナ」

話のタイミングを読んで、軽薄な声がとんでくる。

「何か情報でもあるのか、ラック？」

「へい、ダンナ！　実は偶然、耳にしたっす……」

ラックは帝都にいる知り合いから聞いた噂を、次のように説明する。

何でも目的地である樹海では二年前に、古代超帝国の遺跡が発見されたという。今まで影も形もなかった森の中に、遺跡が突然その姿を現した。

帝国はすぐに調査団を派遣する。だが遺跡の入り口は鉄よりも硬く、カスリ傷すらつけられない。

そして帝国は調査を諦め、樹海の遺跡を隠ぺいし監視をしていた。

「でも最近になって遺跡に変化があったみたいっす。それでバレス調査隊が向かったみたいっす、ダンナ」

「なるほど。それならロキたちの話と整合性がとれる」

ラックからの情報を頭の中でまとめる。ロキが遺跡について何かを知っていたのも、これで納得ができた。

（遺跡の守護者《ガーディアン》が霊獣か……）

それにしてもこんな国家レベルの機密情報を、タイミングよく仕入れてくる自称遊び人ラック。

「今回はかなり嫌な予感がするっす、ダンナ……気をつけてください」

「ああ、救出が最優先だ」

今回は霊獣を討伐することが目的ではない。バレスたち調査隊の救出が最優先であり、無用な戦いは控える予定である。何しろ今回は複数の霊獣がいた証言もあり、オレは特に慎重を期していた。

「ヤマトさま、本当にお気をつけてください……」

「大丈夫だ、リーシャさん。それに今回はリーンハルトもいる」

「……私は付いて行くと言った覚えはないぞ。ヤマトよ」

先ほどから仏頂面で、口を閉ざしていたリーンハルトに話をふる。本人の了承はまだ得ていないが、二人で樹海に向かうとリーンハルトには話していた。

「これもオルンの……イシスが帝国と有利に交渉を行うための布石だ、リーンハルト」

「イシスさまのために……ああ、言われるまでもない！　もちろんだ、任せておけ、ヤマト！」

オルンの近衛《このえ》騎士リーンハルトの説得に成功する。

実は今回わざわざ危険を冒すのには、いくつか理由があった。一つはロキに貸しをつくることである。これにより今後の交渉は、かなり優位に進むであろう。

「よし。準備を終えたら帝都の東門に向かうぞ」

東門ではロキが手配した騎士と、合流する予定である。樹海の中にある遺跡までの道先案内人。

こうして樹海に向かう準備を終えて、オレたちは宿を後にするのであった。

◇　◇

宿を出たウルド荷馬車隊は、帝都の東門にたどり着く。

「お待ちしておりました、ウルドのヤマトさま。こちらへどうぞ」

ロキから渡された特別な証を見せると、城門の兵士は詰所《つめしょ》へと案内してくれる。そこに道案内の五人の騎士がいるという話であった。

今回の霊獣降臨の事件は、まだ帝国内部でも極秘事項。ロキも表立って軍が動かせず、道案内を用意するので精一杯であった。

「こちらです……うぐっ……」

道案内人が控える部屋にたどり着いたその時であった。

先に部屋に入った兵士が、苦悶の声をあげる。それと同時に昏倒して、バタリと倒れ込む。

「帝国兵ともあろう者が、一撃とは、だらしがないのう」

その声と共に、赤髪の美しい少女が姿を現す。状況から兵士を昏倒させたのは、この少女であろう。

「ウルドのヤマト……妾《わらわ》は待ちくたびれたぞ」

「シルドリアか」

室内にいたのは数日前に出会った、帝国の女騎士シルドリアであった。その言葉からオレが来る情報をどこかで得て、この室内で待機していたのであろう。

「そこで寝ている騎士たちも、お前がやったのか」

「この五人はもう少しマシじゃったぞ」

室内には他にも五人の騎士が、気絶して床に倒れていた。シルドリアの話では彼らは道先案内人で、ロキ直属の腕利きの騎士である。だがその五人の強者たちを抵抗させる間もなく、この少女は昏倒させた。

「困っているロキ兄さまは、妾が助けるのじゃ」

「ロキ兄……だと？」

「そうじゃ。妾はヒザン帝国の第四皇女シルドリアじゃ」

赤髪の少女は胸を張り身分を明かしてきた。皇子であるロキの妹となると、その身分は皇女である。信じられない話であるが、オレには覚えがあった。

大貴族であるウラドは、この少女に敬語を使っていた。シルドリアが本当に皇女であるならば、それも納得がいく。

「道先案内人はしばらく寝ておる。仕方がないので妾が案内するぞ、ヤマトよ！」

シルドリアは小悪魔的な笑みを浮べている。どうやら最初からそのつもりで、この場所で待機していたのであろう。

本音を言うならば、できれば他の誰かに道案内を頼みたい。だが今は時間がなく、これから他を探すのは不可能であった。

（やれやれ、皇女が道案内か……）

こうして危険な赤髪の少女に、樹海遺跡までの道案内を頼むことになった。

第十五章　樹海への道

「樹海の入り口までは、もう少しじゃ。ウルドのヤマトよ」

　案内人のシルドリアは赤い髪をなびかせながら、東の方角を指差す。

「樹海内の遺跡まで案内はできるのか、シルドリア？」

「あたりまえじゃ、ヤマト。この妾を誰だと心得る？　皇女シルドリアであるぞ」

　揺れる御者台に危なっかしく立ちながら、シルドリアは自信に満ちた笑みを浮べている。その言葉によると二年前に遺跡が発見された時に、彼女は真っ先に駆け付けたという。

「ねえ、シルドリアちゃん。この果物食べる？」

「これ、市場《バザール》で買ったんだよ！」

「うむ、苦しゅうない。妾が食べてしんぜよう」

　シルドリアは村の子どもたちと親しげに話をする。身分的には天と地ほどの差がある両者であるが、ここまでの道中であっという間に仲良くなっていた。

「シルドリアちゃんって、ボクたちと同じ子どもなのに、変なしゃべり方だよね！」

「そうそう、わらわ、ってはじめて聞いた！」

「子どもとは失礼な。こう見えて妾は今年成人の儀を済ませたのじゃ」

精神年齢が近いのであろう、何の邪気もなく子どもたちに対応している。だがそれでいて、いきなりオレに斬りかかる危険性もあった。

「樹海内は霊獣以外の危険はない。だが油断するではないぞ、ヤマト」

「ああ。シルドリアは遺跡までの案内が済んだら、森の外に退避しろ」

「ふむ、これは戯言《ざれごと》を。バレスの阿呆を助けにいったついでに、霊獣とやらの顔も拝んでやるのじゃ」

シルドリアは音もなく腰の剣を抜き、不敵な笑みを浮べる。相変わらず目にも留まらぬ抜刀術。

ウルド荷馬車隊の中でも彼女の動きが見えた者は、オレと騎士であるリーンハルトしかいない。

これだけでシルドリアが天賦《てんぷ》の才をもつ剣士であることが窺える。

「ほれ、樹海が見えてきたぞ、ヤマト」

「ああ、そのようだな」

シルドリアの指差す方角に、深い森が見えてきた。この速度で進むなら、あと少しの距離である。

今のところはここまでは順調にきていた。

(樹海に遺跡か……どうも嫌な気配を感じる場所だな……)

遠目に広がる深い森に、オレは何ともいえない気配《プレッシャー》を感じる。他の皆を心配させないために口には出して言わない。だが前回の岩塩鉱山を超える圧力である。

「ヤマトの兄上さま……あの森、すごく危険」

そんなオレの服を、後ろの荷台から握ってくる少女がいた。その手は新しい村の住人である、スザクの巫女《みこ》のものである。

（オレと同じように何かを感じている……）

彼女たちスザクの民は、生まれつき特殊な力をもっていた。ほとんどの者は些細な力であるが、この巫女は他の子よりも強い力をもつ。

おそらくは樹海の嫌な気配を感じとって、怯えているのであろう。オレの服を摑む手は小さく震えていた。

「大丈夫だ、オレは必ず戻ってくる。何か感じ取ったら、リーシャさんに知らせるんだぞ」

「うん。分かったです、兄上さま」

少女の頭をなでてやると、無表情な顔に少しだけ笑みが浮かぶ。オレが樹海に入っている間に異変があれば、この子が察知してくれるであろう。

有事の際の指示も、待機するリーシャたちウルド荷馬車隊に出しておく。もちろんオレも無理はせずに、必ず帰還するつもりであるが。

◇　◇

「ここが樹海の入り口じゃ、ヤマト」

更に東に進んだウルド荷馬車隊は、樹海の入り口にたどり着いた。帝都からそれほど距離が離れていない場所に、手つかずの深い森が広がっている。

「よし。ここで最終確認を行う」

ここから先は徒歩での移動となる。バレスたち調査隊を助けるための、各々の最終確認を行う。

「ロキから使いが来たら対応を頼む、イシス」

「はい、かしこまりました。お気をつけて、ヤマトさま」

オルン太守代理であるイシスは荷馬車で待機。帝都から後発で来る帝国軍への対応を頼んでおく。帝国軍には事後処理を任せる予定である。

「リーシャさんは子どもたちと一緒に、ここで待機。何かあったら連絡する」

「はい、任せてください！　お気をつけて、ヤマトさま」

ウルド村長の孫娘であるリーシャには、荷馬車隊を一任しておく。お互いに何か異変があった時は、ハン族の笛で知らせ合い臨機応変に動いてもらう。

「リーンハルトの兄ちゃんも、気をつけてね！」

「ヤマト兄ちゃんの足を引っ張っちゃだめだよ！」

オルンの近衛騎士であるリーンハルトは、子どもたちから激励の声をかけられている。生真面目で融通がきかない男だが、騎士に憧れる男子から人気があった。

「さて、オレたちも装備の確認だ」

残る者たちへの指示を終えて、最後に自分たちの装備の最終確認を行う。樹海に入っていくのはオレとリーンハルト、そして案内人のシルドリアの三人だけである。

まずはリーンハルトの装備を確認する。

「霊獣は初対面だ。これで大丈夫か、ヤマト？」

「ああ、上出来だ」

この騎士は帝都には傭兵として変装してきた。そのためオルン近衛騎士の正規の装備は持ってきていない。

そこで帝都にいるガトンの同胞の鍛冶師から、リーンハルト用の武具を調達していた。

「驚くほどの強度だな、この大盾は……」

その中でも村から持ってきた盾に、リーンハルトは感心していた。それは老鍛冶師であるガトン特製の大盾である。

「それは特別な盾だ。だが過信はするな、リーンハルト」

「ああ、分かっている」

リーンハルトに渡したのは対霊獣用の大盾である。複合装甲《コンポジット・アーマー》と呼ばれる現代装甲の原理で、オレが数か月前に設計したもの。村での実験では普通の盾の数倍の強度があった。

「霊獣の攻撃は鉄すら切り裂く。気をつけろ」

「ああ、ヤマト。上手く受け流して使う」

この大盾は圧倒的な霊獣の攻撃にも、ある程度は耐えられる設計である。高度な盾術を会得している、この騎士に相応《ふさわ》しい防具である。リーンハルトの装備はこれで大丈夫であろう。

次にシルドリアの装備を確認する。

「シルドリアはそんな軽装で大丈夫か？」

「ふむ、妾は剣速を信条とするのじゃ」

リーンハルトに比べて、彼女はかなりの軽装であった。ヒザン帝国の正規装備である鎧と剣、あとは予備の武器で盾は持たない。パッと見は街を散策する恰好と変わらない。

（一切の無駄を省いた、研ぎ澄まされた刃物……といったところか）

シルドリアは抜刀術を得意として、スピード重視の一撃離脱の戦い方をする。戦闘力なら《十剣《テン・ソード》》のうちの一人であるリーンハルトと同等であろう。

だが案内人の彼女に無理はさせられない。そう考えればシルドリアの装備もこれで大丈夫であろう。


最後にオレの装備の確認になる。

「ところでヤマトよ。オヌシは本当に鎧を装備せんのか？」

シルドリアが不思議そうに尋ねてくる。他の二人に比べてオレは、一切の鎧や盾を装備していない。

「ああ。霊獣に生半可《なまはんか》な鎧は意味を成さない」

霊獣との戦闘経験があるオレは、これがベストだと答える。

霊獣の攻撃は金属鎧ですら軽々と切断する破壊力があった。それなら防御は一切捨て、機動力を活かす。

「オレは軽装の方がやりやすい」

「それで軽装じゃと？　帝国の重戦士でも、それほどの武器を装備する者はいないぞ」

オレのマントの下の装備を見て、シルドリアは笑みを浮べている。彼女が驚いているのは、防具と対照的な数の武器であろう。

「霊獣相手に武器は多い方がいい」

今回も岩塩鉱山での装備の流れをくんでいた。

中型の格闘ナイフ二本をメイン武器に、投擲用のナイフ数本、ウルド式の弩《クロスボウ》二丁と矢筒。他にも黒衣マントの下には隠し武器を装備している。そして魔獣すら斬り裂く、ガトン傑作の片刃の剣〝ガトンズ＝ソード〟を腰にさげる。

オレは防御力を一切捨てて、回避と攻撃力重視の『高機動高火力』をコンセプトにしていた。

「ところでジイさん。頼んでおいた例の槍の最終調整はできたか？」

「もちろんだ。ほれ、この通りじゃ」

そしてガトンから最後の装備品を受け取る。それは何の変哲もない短槍《たんそう》であった。

「悪くない感触だな」

「もちろんじゃ。ワシを誰だと思っておる」

この短槍は冬の間に、ガトンとオレが作ったものである。最後の調整に特殊な金属が必要になり、帝都まで持ってきていた。多くの鉱山を有する帝国には良質の金属があり、ガトンは同胞の工房でこの短槍を完成させていた。

「だが本当に、こんな危険な化け物を使うつもりか、小僧？」

「理論は完璧だ。あとは実戦で試す」

「ふん。相変わらず無茶な男だな」

「自分では慎重派なつもりだ」

ガトンと言い合いながら、短槍の機能を確認していく。まさか帝国に来てまで霊獣と戦うことになるとは、夢にも思っていなかった。だが対霊獣用のこの新兵器が手元にあっただけでも、不幸中の幸いかもしれない。

「あと護符石も全部借りていくぞ」

「生きて戻ってきて……必ず返せよ、小僧」

「ああ、利子をつけて返す」

〝核《コア》〟を割って作り出した護符石は、霊獣の〝呪い〟に抵抗できると山穴族《やまあな》の秘伝にあった。岩塩鉱山の霊獣から得た護符石も、今回は惜しまず持っていく。

「よし、では行ってくる」

◇　◇

深い樹海の獣道を進んで行く。

「シルドリア、遺跡まで最短ルートで案内してくれ」

「ヤマトよ、ずいぶんと急ぐのじゃな」

「ああ。〝時は金なり〟だ」

日が沈むまで時間はまだあるが、オレはペースを上げるように指示を出す。早くしなければ、孤立したバレス調査隊の死亡率が上がってしまう。

あの野獣のような大剣使いは、簡単に死ぬことはないであろう。だが同行している調査隊員は、一般の兵士や学者たちである。

遺跡周辺の霊獣を排除して、急ぎ彼らを救出する必要があった。そのため今回は身体能力に優れたこの三人、少数精鋭で救出隊を編成していた。

（三人か……いや、違う……）

獣道を進んでいたオレは、ふと足を止める。先頭のシルドリアとリーンハルトも、何事かと思い立ち止まる。

（四人だったな……）

最後の四人目の気配を察知したオレは、後方の木陰に視線を向ける。

「そろそろ出てこい、ラック。バレバレだ」

「いやー、さすがヤマトのダンナっすねー」

オレの声に反応して、気まずそうな表情のラックが姿を現す。樹海の入り口で待機していたはずのラックが、付いてきていたのである。

「バカな。この距離まで、この妾が察知できなかったじゃと？」

ただの遊び人だと思っていたラックの隠密術に、シルドリアは驚いている。剣の才能に優れ、勘の鋭い彼女にとっては、これは不覚の事態だったのであろう。

「相変わらずだな……ラックは」

リーンハルトも驚いているが、こちらは慣れた反応である。この二人は大陸でも有数の騎士。その凄腕二人に気配を感じさせなかったラックは、相変わらず得体が知れない。

「すまないっす、ダンナ。どうしても〝遺跡〟をひと目見たくて、来ちゃったっす！」

「ここまで来たら、仕方がない」

「へっへっ……恩にきます、ヤマトのダンナ！」

ラックの遺跡のイントネーションが微妙にずれていた。それはオレにしか感じ取れない、微妙な違和感。

おそらくラックには何か目的があるのであろう。

「よし、先を急ぐぞ」

ラックを加えたオレたち四人は、樹海内にある遺跡へと向かって進んでいく。

◇　◇

「ヤマト……あそこが遺跡じゃ」

案内人であるシルドリアは、木陰に身を潜めながらつぶやく。その視線の先には人工的な建物がそびえていた。

「あれが遺跡か……大きいな、ヤマト」

「ああ、予想以上だな」

同じく身を潜めながら、リーンハルトは言葉を失っている。シルドリアから遺跡についてある程度の情報は聞いていた。だが実際に目にして、その規模の大きさに驚愕している。

（これが古代超帝国の遺産か。たしかにこの大陸とは明らかに違う文明だな……）

身を潜めながらオレは遺跡の観察を行う。樹海をくり抜いたように、遺跡は存在している。中心にある建造物は塔にも似ていた。

（あれは石やセメントではないな。素材は何だ……）

遠目では判別不能な素材で塔はできていた。おそらくは超帝国の時代にしか製造できない、特殊な技術なのであろう。

「よし、あの塔に向かうぞ。前にも話したが、霊獣が現れても無茶はするな」

周囲を警戒しながら、調査隊のいる塔の正面へと向かう。移動しながら対霊獣用の作戦の最終確認をする。

リーンハルトとシルドリアの二人の騎士は、人としてはケタ違いの戦闘能力を有している。だが霊獣は〝呪い〟や不死身といった、人外の能力を持つ存在。彼らのこれまでの常識や経験は、一切通用しない。

「霊獣を戦う時は、必ず〝二対一〟で数の優位を保て」

リーンハルトとシルドリアには、二人一組で戦うように指示を出していた。樹海に入る前の連携確認では、かなり息が合っていたので問題はない。腕利きの彼らなら実戦になれば、その連携度は更に増すであろう。

「でも霊獣は三体っすよね、ダンナ。残りの二体はどうするっすか？」

作戦に疑問があるラックは尋ねてくる。現在遺跡にいる霊獣は三体。それは帝都まで逃げてきた調査隊の生き残りの証言であった。

「残りの二体は、オレが相手する」

「でも、一人で二体もの霊獣を相手にするのは、いくらダンナでも」

「心配するな、策はある」

不安そうなラックに、今のオレなら大丈夫だと伝える。前回の岩塩鉱山の時のオレは霊獣戦は初で、装備も今よりも貧弱であった。

何より霊獣の弱点である核《コア》の存在を知っている、この経験値の差は大きい。ゆえに二体の霊獣が相手でも、大丈夫だとオレは計算していた。

「大陸戦記に出てくる英雄ですら、一人で二体の霊獣を倒せたという逸話は、聞いたこともない……たいした自信じゃのう、ヤマトよ」

「これは自信でも慢心でもない。計算上《シミュレーション》の結果だ」

半ば呆れているシルドリアの言葉を、訂正する。

たしかに霊獣は恐ろしい存在である。だが生物という形を成しているために、その動きには限界があった。関節や五感が存在し、必ず死角や弱点が存在するのである。

岩塩鉱山での経験から踏まえて、今の自分の能力と霊獣の戦闘力を計算した。その勝算があったからこそ、オレはバレス調査隊の救出に名乗りを上げたのである。

「ふむ、学者のように難しい話をするのう、ヤマトは」

「ダンナは〝北の賢者〟って呼ばれているっす」

「ふむ、そうか。どうりで学があるのじゃ」

シルドリアの疑問に、ラックが答える。雑談のような気の抜けた会話であるが、二人とも周囲への警戒は怠っていない。このあたりはさすがといったところである。


「着いたぞ。気をつけろ」

いよいよ小塔の遺跡がある場所にたどり着く。ここまでとは違い、塔のある広場の空気は張り詰めていた。オレたちは警戒レベルを最大限に上げる。

「あれは……バレス!?」

だがシルドリアが、いきなり甲高い声を出す。広場の奥に自国の騎士の姿を見つけ、思わず叫んでしまったのである。その視線の先には、全身傷だらけのバレスの姿があった。

「今助けに行くのじゃ！」

シルドリアは赤い髪を振り乱し、バレスのもとまで駆けていく。残るオレたち三人も、その後に続く。

「くっ……シルドリアの姫さん、何でこんなところに来た!?　……ここから早く逃げろ！」

「何を言うか、この阿呆が！　早くロキ兄さまのもとへ戻るぞ！」

せっかく助けにきたというのに、バレスの反応はおかしかった。なぜ傷だらけになりながら、塔の入り口を守るように仁王立ちしていたのだろう。

だが、そんな疑問の答えは、この直後に明らかになった。

「お前たち、気をつけろ」

〝ソレ〟の気配を感じたオレは全員に警告する。死にたくなければ、これから先は一切の隙を見せるなと。

「何だと……いつの間に、コイツらは……」

周囲を見渡したリーンハルトは、驚愕の声をもらす。それに続きシルドリアとラックも周囲に視線をやる。

危険察知の能力に優れているはずの彼ら三人が、全く気がつかなかったのである。周囲を漆黒の獣に包囲されていることに。

「なるほどバレスは囮《おとり》だったという訳か」

バレスは動かなかったのではなく、ここから〝逃げ出せなかった〟のである。救出する者たちをおびき寄せるエサとして、生かされていたのである。

「霊獣か……それも五体……」

塔の広場でオレたちは包囲されてしまった。異形の獣の姿をした五体の霊獣の群れによって。

第十六章　霊獣の群れ

「ちっ……だから逃げろって言ったんだぜ……」

五体の霊獣の群れに、オレたちは包囲された。バレスは舌打ちをしながら顔をしかめる。皇女であるシルドリアを、自分のミスで巻き込んだことを後悔していた。

（なるほど全てが霊獣の策だったという訳か……）

状況を整理して、今回の事件の流れを理解する。この五体の霊獣はバレスたち調査団を生かしておくことで、囮として利用した。

また帝都まで調査隊員をわざと逃がすことによって、救出部隊がこの遺跡にやってくる。残念ながらオレたちはその罠にはまったのである。

「ギャルル……」

五体の霊獣は値踏みをするかのように、鋭い眼光でじっとこちらを観察してくる。これは岩塩鉱山の霊獣と同じ観察行為。おそらく霊獣独特の習性なのであろう。

「ダンナ……これは、さすがにヤバいっすよ……」

周囲の霊獣を見回しながら、ラックは悲痛な声をもらす。何しろたった霊獣は一体で小国すら滅ぼす恐ろしい存在である。それが五体もいるとなれば、想定外すぎる状況だった。

「最終的には六体が降臨して、その内の一体はオレさまが斬り殺した。だが、その後はこの情けない有り様だ」

　全身傷だらけになりながらもバレスは、これまでの戦況を簡潔に説明する。

　調査隊がこの小塔の入り口に近づいた途端に、数体の霊獣が湧き出てきた。帝都への伝令兵の突破口を開くために、バレスは霊獣に立ち向かっていった。

　そして傷だらけになりながらも、辛うじて一体の霊獣を倒した。だがその後は霊獣に包囲網を敷かれ、ここから逃げられなかった……。

「霊獣を倒すとは、さすがは帝国一の悪童バレスじゃ」

「皮肉はよせ、姫さんよ。魔剣の力を使い果たして、この有り様だ」

　シルドリアの世辞の言葉に、バレスは苦笑いで答える。このやり取りだけで二人が、本音で話し合える仲であることが窺える。

「さて、戯言もここまでじゃ」

　シルドリアの表情が、真剣なものに変わる。こちらを値踏みしていた霊獣に動きがあった。唸り声をあげながら包囲網を徐々に狭めてくる。

「さて、どうするのじゃ、ヤマト。〝北の賢者〟としてのオヌシの打開策を聞きたい」

「何!?　北の賢者だと……テメェ、ウルドのヤマトか?」

　シルドリアの言葉にバレスは反応する。オレがオルンの市場《バザール》で出会った、〝ウルドのヤマト〟であることに気がついたのである。

「まさかこんな所で会えるとはな！」

「感動の再会は後にしてもらおうか、バレス」

それよりも今はこの状況を打開する必要がある。オレは状況計算をしながら、脳内で策をねる。

当初三体だと思われていた霊獣は五体に増え、戦力的にはこちらが圧倒的に不利。ここから逃げ出そうにも広場に閉じ込められ、それは不可能であった。


「よし……」

だがオレは瞬時に最善の策を編み出す。霊獣の動きと気配から戦闘力を分析した計算《シミュレーション》が終わったのである。

「バレス、シルドリア、リーンハルトは三人で右の二体の霊獣を相手しろ」

オレは三人の騎士に指示をだす。岩塩鉱山の霊獣よりも、この五体は格下であると分析した。これなら三人の騎士たちで、二体までなら太刀打ちできる。

「ウルドのヤマト、テメェに指図される覚えはないぜ！」

「何だ……この程度の霊獣の相手もできないのか。誇り高き帝国の騎士は？」

「あんだと!?　テメェに言われるまでもねえ！　上等だぜ！」

食ってかかってきたバレスを、あえて挑発の言葉で鼓舞する。

孤軍奮闘していたバレスは満身創痍。だがその眼はまだ死んでいない。オレの挑発により更に強い闘志の炎を宿す。そして霊獣の〝呪い〟に抵抗できる護符石も、バレスに渡しておく。

「リーンハルト、いけるな？　オルンを……イシスを守るために」

「ああ……任せておけ、ヤマト！　この命はイシスさまに捧げる！」

先ほどまで悲観的だったリーンハルトにも闘志が宿る。

オルンの街のために。そして太守代理であるイシスを守るために、近衛騎士として熱くたぎっている。

「ふん！　妾に任せておくのじゃ、ヤマトよ！」

シルドリアは相変わらず勝気であった。人外の霊獣を前にしても、不敵な笑みを欠かさずにいる。

天真爛漫で危険な皇女であるが、この状況では頼もしい。

「ラック、無理はするな。動き回っているだけでいい。それだけで相手の注意力の何割かが削れる」

「はいっす、ダンナ！　逃げ回るのは得意なんで大丈夫っす！」

ラックには、無理はさせないように指示する。この自称遊び人は武器を携帯せず、直接的な攻撃能力を持たない。だが回避などの身体能力だけなら、他の騎士の三人よりも優れていた。

「でも、ダンナ……残りの霊獣はどうするっすか？」

ラックは首を傾げながら確認してくる。霊獣は五体で、騎士たちが相手するのは二体である。つまり残りの三体の霊獣を、誰かが相手をする計算だった。

「残りの三体はオレが狩る」

「何っ!?」

「何じゃと!?」

まさかの無謀な作戦に、誰もが言葉を失う。何しろ霊獣は小国すらも滅ぼす存在。それを三体も同時に相手するなど、傍目には無謀すら通り越している。

「無駄口を叩いている暇はない。さあ……きたぞ」

◇　◇

霊獣との戦いが幕を開ける。相手は狼にも似た、巨大な漆黒の五体の霊獣。

「私が盾になる」

まずはオルンの騎士リーンハルトが動く。複合装甲大盾《コンポジット・シールド》と剣を構え、担当する二体の霊獣に立ち向かう。

常識的に霊獣を相手に、正面から向かっていくのは自殺行為にも等しい。だが鉄も切り裂く霊獣の攻撃にも、オレが設計した大盾は耐える防御力である。

リーンハルトは果敢にも囮役となり、その身をあえて霊獣の前に差し出す。そして挑発にのった二体の霊獣は、愚かな騎士を嚙《か》み砕こうと同時に動き出す。

「帝国の両雄は攻撃を頼む！」

「言われるまでもねえぜ！　オルンの騎士よ！」

リーンハルトの言葉に反応して、後方の二人の騎士が駆けだす。

一人はヒザン帝国の騎士団長の位にある大剣使いバレス。既に満身創痍であり、魔剣〝暴風《マッド・ストーム》〟を繰り出す魔力《マナ》も尽きていた。だがその動きは野生の獣のように鋭く、鉄塊のような大剣で斬りかかっていく。

「バレスは左を。妾は右を仕留めるのじゃ！」

もう一人は赤髪の皇女シルドリア。成人したばかりの少女ながらも、その動きは既に達人の域を超えていた。バレスよりも更に鋭い踏み込みで、一気に斬りかかっていく。

三人の連携がかみ合い、二人の帝国騎士の初撃が霊獣に届く。

「ちっ、固《か》てぇな！　この狼野郎がぁぁ！」

「そうじゃの……さすがに初撃では核《コア》は狙えんか！」

騎士たちが狙うのは、霊獣の弱点である腹部の核《コア》。初撃以降も三人は見事な連携で攻撃をしかけていく。反撃する霊獣の爪牙《そうが》を回避しながら、命がけの踏み込みで強烈な一撃を狙う。

「こちらかも、いくぞ！」

防御に徹していたリーンハルトは気合の声と共に、剣による強烈な一撃を突き出す。中原でも最強の称号《十剣《テン・ソード》》の攻撃力は、帝国の両騎士に勝るとも劣らない。巧みな盾術と組み合わせ、霊獣の動きを崩していく。

「優男だと思っていたが、やるな！　オルンの騎士！」

「それはこっちの台詞《せりふ》だ。帝国の大剣使い！」

三人の騎士は阿吽《あうん》の呼吸で連携し、攻防を繋げていく。このレベルの騎士となると初戦でも、見事に共闘できるのであろう。

「ギャルルル！」

彼らと対する二体の霊獣は、たしかに恐ろしい攻撃力と俊敏性をもった獣である。だが岩塩鉱山の霊獣に比べて、この狼型の霊獣の戦闘能力はやや劣っていた。この分なら油断さえしなければ、三人の騎士たちだけで大丈夫であろう。

◇　◇

「さて、待たせたな」

騎士たちの奮闘から、オレは視線を戻す。その先には唸り声をあげながら、こちらを睨んでいる三体の霊獣がいた。今にも襲ってくる勢いで構えている。だがオレの発する鋭い殺気の前に、霊獣たちは動けずにいた。

「ヤマトのダンナ……本当に三体も相手するんっすか？」

オレの後方で身構えているラックが、心配そうな声で確認をしてくる。ラックはオレの身体能力の高さを知っていた。だがそれを考慮しても、三体も相手することが信じられないのであろう。

「たしかに霊獣は手強い……」

ラックに講義しながら、オレは霊獣に向かって歩み出す。あえて無防備な歩行術で相手を誘いだす。

「ギャルルル！」

それに誘われ、三体の霊獣が同時に動き出す。弾丸のように駆けだし、襲いかかってきた。霊獣はちょっとした馬ほどの大きさの巨体だ。無防備なオレの急所を、その巨大な牙で嚙み砕こうとする。

「だが所詮は獣の形をしている！」

その言葉と共に動き出す。メインの武器であるナイフを抜かず、無手で霊獣に立ち向かう。

「ギャルル－？」

三体の霊獣の牙は空をきる。なぜなら嚙みついた相手はオレの残像。獲物を逃した霊獣は、周囲を見回す。

だが次の瞬間、激しい破裂音が広場に響き渡る。

「ギャブルル－！」

三体の霊獣は悲痛な咆哮《ほうこう》をあげる。破裂音がしたのは三体の霊獣の口元であった。内側から吹き飛ばされた霊獣たちは、地面に転がり苦しんでいる。

「獣型の大あごは最大の武器であると同時に、最大の弱点だ」

「ダ、ダンナ……今の攻撃は……あの玉は何なんっすか……!?」

動体視力のいいラックは、辛うじてオレの動きが見えていた。嚙まれたと思わせた瞬間に、すれ違いざまに反撃をしていたのである。その時に霊獣の口元に放り込んだ、小さな球体の破壊力にラックは驚愕していた。

「これは対霊獣用の武器の一つだ。詳しくは企業秘密だがな」

オレが霊獣の口に食らわせたのは、〝火石神の怒り〟と呼ばれる山穴族の秘石であった。

本来は山の神に捧げる神聖な供物。だが、特殊な性質を見抜いたオレは、ガトンからそれを譲り受けていた。

ダイナマイトほどの威力はないが、配合次第では強烈な破壊力を生み出す武器となる。秘石であり埋蔵量が少なすぎるために、戦の兵器としては利用できない。だが対霊獣用の武器としては効果は絶大であった。

「発火のタイミングの関係で、ギリギリまで接近する必要がある」

「ひえー、それは危ないっすね、ダンナ」

「ラックなら使いこなせるかもな」

「オレっちは荒事は苦手なんで、勘弁っすよ」

自称戦闘能力ゼロのラックは謙遜している。だがこの男が本気を出したなら、何かをやってくれそうな期待感があった。

「さて……そして後は核《コア》を確実に潰す」

対霊獣の講義の最終段階に入る。頭の一部を吹き飛ばされ、動きが遅くなった霊獣の核《コア》を斬り裂いていく。

岩塩鉱山の時は核《コア》の存在に気がつくのが遅くなり、オレは霊獣に苦戦してしまった。だが今回は秘密兵器を用意してあった上に前回よりも明らかに格下の個体だった。

（残り、二体か……）

三体の霊獣に止《とど》めを刺し、リーンハルトたちの援護に向かう。

◇　　◇

「ウルドのヤマト、一足遅かったな！」

だが援護はバレスの雄叫《おたけ》びで制される。三人の騎士は見事に、二体の霊獣に打ち勝ったのである。

「だが、手こずっちまったな」

「仕方があるまい、バレスよ。だが次はこうはいかぬのじゃ」

僅差で霊獣を打ち倒したバレスは、自分の不甲斐《ふがい》なさに悪態をつく。一方でシルドリアはまだ余裕があった。霊獣との死闘の中で彼女は、自らの剣の進化の手がかりを掴んだという。

「それ以上、剣の腕を上げすぎたら、嫁の貰い手がなくなるぜい、姫さん」

「妾を娶《めと》るには、〝霊獣殺し《レイジュウ・スレーヤー》〟の称号が必要じゃのう」

二人の帝国騎士はそんな冗談を言い合いながらも、油断はしていない。止めを刺した霊獣の死骸を確認している。

霊獣は既に肢体を斬り裂かれ、腹部の〝核《コア》〟も切断されていた。だが人外の存在である霊獣に、生物の常識は通用しない。オレが事前に教えた通りに、霊獣の風化が始まるまで警戒は解いていなかった。

「それにしてもリーンハルトよ。さすがは名高い《十剣《テン・ソード》》の一人じゃ」

「称号はあくまでも他人の決めたものです、シルドリア姫殿下」

「ふむ、謙虚な。オヌシがその大盾で防いでくれなければ、もっと苦戦していたであろう。帝都に戻ったら褒美を取らせよう」

「オルンの誇りのために、全力を尽くしただけです」

卓越した盾術を持つリーンハルトを、シルドリアは褒め称える。だが生真面目なリーンハルトは、謙虚にその褒美を断る。

「謙虚過ぎるのも女にモテんぞ、優男。素直に手柄は貰っておけ！」

「そうなのか、バレス殿!?　女性に……なら仕方があるまい」

野獣のようなバレスも、リーンハルトの武を認めていた。二人は見た目や性格は正反対だが、霊獣との死闘をくぐり抜けて、何か通じ合う部分があったのであろう。

（この三人は、大きく化けそうだな……）

オレはそんな騎士たちのやり取りを見ながら、彼らの成長ぶりを感じていた。状況からかなり僅差の激闘だったのであろう。三人とも傷だらけで披露困憊であった。

だが、それと同時に精神は研ぎ澄まされ、全身から発する気が鋭くなっている。おそらくは霊獣との激闘を通して、潜在的な武の才能が覚醒したのであろう。

「ちっ、ウルドのヤマトか……気に食わないヤツだが、少しだけ認めてやるぜ」

ようやく二体の霊獣が風化し始めると、バレスはこちらを睨んでくる。その先にはオレが打ち倒し、既に風化している三体の霊獣の死骸があった。

「オヌシがまさか、これほどまでの武勇を誇るとはな、ヤマトよ」

一方的に霊獣を倒したオレを、シルドリアは称賛してくる。まさか本当に三体も同時に相手にするとは、思っていなかったのであろう。

「たいしたことではない。オレは対霊獣用の模擬訓練《シミュレーション》を繰り返していた」

オレはこの一年間、ずっと自己鍛錬してきた。岩塩鉱山の霊獣の動きを全て脳内に焼き付け、そのイメージの相手と戦う。更には霊獣の強さを、何段階にも想定して繰り返す。

この鍛錬の成果もあり、オレは三体の霊獣を撃退できたのである。

「お前たちも霊獣の動きは覚えておけ。次回に役立つ」

今回の経験を記憶に焼き付けておくように、三人の騎士にアドバイスする。彼らの潜在的な武の才能はこれからもっと覚醒していくであろう。

「いやー、皆さん、凄い強いっすね！　でも、そろそろ、こんな物騒な所は離れましょう」

全ての霊獣が風化したのを確認してから、ラックが声をかけてくる。最大の危惧であった五体の霊獣は打ち倒した。あとは塔の中に避難している調査隊員と共に、この遺跡を離れようと提案してくる。

「ああ、そうじゃのう。早くバレスを帝都に連れて帰らないと、ロキ兄さまに面目が立たんのじゃ」

「ちっ、調査任務の途中だが、この状況だと仕方がねえな」

ラックの提案に、帝国の両騎士も同意する。本来なら遺跡の調査で結果も出したいが、いつまた危険が訪れるとも限らない。急ぎ帝都に戻り、皆の怪我の治療をする必要もある。

「よし、撤収の準備をするぞ」

風化した霊獣から、破壊した核《コア》を回収しておく。これはまた護符石として加工できる。他の素材は塔の中にいる調査隊員を、外に出した後でも大丈夫であろう。

「……!?」

塔の入り口に向かおうとした、その時であった。

言葉にできない禍々しい視線を感じたオレは、背後に目を向ける。だが視線の先には誰もおらず、薄暗い樹海が広がっていた。

「あれ、ダンナ……どうしたんすか？」

「どうしたのじゃ、ヤマトよ？」

突然の反応に、他の四人も周囲を警戒する。だがその視線を、彼らは感じられずにいた。勘の鋭いシルドリアやラックですら、何も感じていない。

（オレの気のせいか……いや、何かがいる……この嫌な視線は……何だ……）

警戒を解かず両眼を閉じ、意識を集中する。視覚や聴覚に頼るのではない。鋭くなった直感のみで、その視線の元を探る。

「……そこか！」

オレは嫌悪感の居場所を突き止めた。同時に、ウルド式の弩《クロスボウ》を抜き、発射する。

「いきなり、どうした、ヤマト!?」

「待ちな、優男……あれを見な」

「何じゃと……矢が……」

オレの奇行に騎士たちは驚く。だが更なる奇怪な現象を目にして、言葉を失っていた。

騎士たちが言葉を失うのも、無理はない。何しろ矢は目標物に到達することなく、空中でピタリと静止していたのである。金属板すら貫通する、初速数百キロを超える弩《クロスボウ》の矢。それが音もなく空中に漂っていた。

(まさか矢を空中で止めるとはな……)

『まさかボクの存在に気がつくとはね……』

突然、声が響き渡る。誰もいないはずの空間から、声だけが聞こえてきた。

『それにボクの召喚した黒狼級《フレキクラス》を、五体も倒すなんてね……』

声の主が静かに姿を現す。

何もなかった空間から、人影が浮かび上がってくる。この者が禍々しい視線の正体であり、矢を空中で止めた者であろう。

(人か……いや……何者だ……この少年は……)

現れたのは一人の少年であった。だが明らかに人とは別次元の気配《オーラ》を発する、異質な存在。

(コイツは……危険だ……)

この異世界にきてから初めての感覚――逃げ出したくなる恐怖を、オレは本能で感じていたのであった。

第十七章　謎の少年

何もなかった空間から、一人の少年が現れた。

『〝静寂《サイレンサー》〟をかけていたボクの存在に気がつくとは、〝たいしたもの〟だね、キミは』

少年は笑みを浮べながら、オレの全身を観察してくる。この樹海遺跡に場違いなくらいに純真無垢な笑顔。親愛なる友に向けるような、温かい眼差しで見つめてくる。

（〝たいしたもの〟……か。悪くない言葉だな……）

警戒していたオレの心は、最上級の寵愛を受けたように高揚していく。数秒前まで嫌悪感を抱いていた相手に対して、不思議なことに親しみすら感じていた。この少年は愛すべき隣人であり、従うべき主だという強い想いが込み上げてくる。

（くっ……何だ……コレは……!?）

自分の意識の変貌に、オレは心を強くもつ。深く深呼吸をして、丹田《たんでん》に気を溜めていく。

（我思う……ゆえに我あり……）

心の中で言葉を復唱し、自我の存在と意識を強く意識する。これは窮地におちいった時の精神統一の方法だ。自称冒険家である両親に、幼い頃から叩き込まれた技の一つであった。

「ふう……さて、お前は何者だ？」

不敵な笑みを浮べている少年に、冷静さを取り戻したオレは尋ねる。

ここは獣や霊獣が闊歩していた樹海遺跡であり、普通の少年がいるはずはない。更に何らかの精神的な攻撃を仕掛けてきた相手だ。

『あれ？　〝最愛魅了《ユニ・チャーム》〟も効かないのか、キミは。〝本当に凄いね！〟』

「その術はもうオレには効かない。諦めろ」

少年は先ほどより〝本当に凄いね！〟に力を込めて、術を仕掛けてきた。だがもはやその精神攻撃は効かない。

『おかしいな……他の四人には、ちゃんと効いているのにな』

「何だと……」

オレはその言葉に反応して、背後にいた四人の状況を確認する。リーンハルト、シルドリア、バレス、そしてラックの四人は、既に術に掛かっていた。オレの呼びかけに反応せず、虚《うつ》ろな瞳で立ちすくんでいる。

（これは催眠術の一種か……）

原理は分からないが、おそらく精神的な錯覚を与える催眠術の一種であろう。下手に外部的な刺激を与えてしまうと、回復できない危険性があるかもしれない。今のところそのままにしておく。

『へえ、キミだけ大丈夫なのか？　下位種の分際で』

「もう一度だけ聞く、お前は何者だ。目的は何だ？」

オレは言葉を強くして尋ねる。本来ならこんな少年には構わず、この遺跡から離脱するのが賢明であろう。

だが先ほど『ボクの召喚した黒狼級《フレキクラス》を五体』と少年は口にしていた。つまりこの者は霊獣を呼び出し、そして使役する能力を持っている。その危険性を排除しない限り、この場から撤退することはできない。

『ボクの存在はキミたちには理解できないかな。そうだな……〝霊獣管理者《レイジュウ・マスター》〟とでも呼んでよ』

「〝霊獣管理者《レイジュウ・マスター》〟だと……」

『ボクの目的は、この〝四方神《よもがみ》の塔〟がいきなり起動したから、確認に来たのさ』

少年はまるで世間話でもするように、自己紹介と目的を語り出す。その中には聞いたことがない単語がいくつも並んでいた。

「そうか、ならオレたちは無関係だ。皆を元に戻せ。この場を去らせてもらう」

相手が何者か、オレに判断することはできない。だがこちらの目的はバレス調査隊の救出であり、正体不明の存在に構う暇はない。

『あっ。ここから出ていかれたら、ボクが困るよ』

「何だと？」

『〝四方神の塔〟を起動するには、〝魂鍵《マナ・キー》〟が必要なんだよね』

「〝魂鍵《マナ・キー》〟だと」

遺跡の塔を眺めながら、少年は新たな単語を口にしていく。そして誇らしげに説明を続けていく。

『うん。鍵は塔の範囲内の、下等種の魂に宿っているんだ。王族や戦士とか意志の強い者に多いかな。だから、ボクはここにエサを置いて待っていたんだ』

「エサだと……」

『そうエサ。ここで鍵が見つからなかったら、次は近くの大きな街に行こうかな。住人を皆殺しにしていったら、いずれは見つかるはずだし』

〝霊獣管理者《レイジュウ・マスター》〟を名乗る少年の口から出る言葉は、どれも的を射ないことばかり。だがやり取りから、一つだけ大きなことが理解できた。

それは〝人を見下している〟こと。少年にとって人は踏み潰しても何の罪悪感もない、虫けら以下の存在なのである。

オレは一つの答えを出す。この謎の少年は〝最悪なヤツ〟であると。

「悪いがオレたちはエサではない。力ずくでも術を解除させてもらう」

もはや話し合いは何の意味もなさない。オレは武力行使で少年を制圧し、四人を回復させることを決意する。

『へえ、面白い！　ボクに触れることができたら、解除してあげるよ』

少年はこれまでにないくらいに、満面の笑みを浮べる。まるで新しい玩具《おもちゃ》を手に入れた子どものような、だが明らかに悪意のある表情であった。

「子どもの冗談に付き合っている暇はない」

相手は〝霊獣管理者《レイジュウ・マスター》〟を名乗る得体のしれない存在。オレは躊躇《ちゅうちょ》なく、少年に向かって一歩踏み出す。

『あっ、そういえば言い忘れていたけど……』

オレが踏み出した、次の瞬間であった。

「くっ!?」

危険を感じたオレは、とっさにその場から回避する。そして次の瞬間、爆音が響き渡る。

オレは体勢を整えて状況を確認する。さっきまで自分がいた場所が爆炎を上げ、クレーターのように吹き飛んでいた。

少年が攻撃を仕掛けてきたのではない。落雷のように何か別の存在が、飛来してきたのである。

『この場にいた霊獣は、五体だけじゃないから……』

少年の言葉と共に、爆炎から何かが姿を現す。この者が先ほどの落雷のような攻撃を仕掛けてきたのである。

『紹介しよう。最上位である魔人級《バアルクラス》の霊獣……アグニ君だよ』

紹介の言葉と共に、その存在が実体化する。

そしてオレは実感した。これが先ほどから感じていた、最大級の恐怖の元凶であると。

(人型の霊獣だと……)

これまでに対峙した獣の形ではない。人の形を成した霊獣が降臨したのであった。

◇　◇

（漆黒の翼に大蛇の尾、そして長角ヤギの頭部……まさに悪魔といったところか……）

目の前に現れた新たなる驚異を、オレは観察する。アグニと呼ばれた人型の霊獣は、神話に出てくるような悪魔の姿をしていた。

かなりの巨軀《きょく》で大人の倍はある。頭部にヤギの目鼻はあるが、それが生命活動の器官であるか疑わしい異形さであった。

「うっ……」

「くっ……」

その時である。術にかかっていた四人が声を発する。先ほどアグニの放った衝撃波によって、吹き飛ばされて目を覚ました。

「うわっ!?　何すか、あの化け物は、ヤマトのダンナ!?」

突然現れた異形のアグニに、ラックは眼を見開く。

「ちっ……情けねえことにオレさまたちは、何かの術にかかっていたようだな」

「ヤマトよ……あの少年は何者じゃ？」

バレスとシルドリアは状況を確認し、自分たちの置かれている状況を察する。本能的にアグニに向けて剣を構える。

『あれれ？　〝最愛魅了《ユニ・チャーム》〟が解けちゃったのか。アグニ君は強いけど、手加減ができないから困った子だね』

少年はため息をついて、困ったような顔を浮べる。だが相変わらず余裕の口ぶりだ。人数的な差が覆《くつがえ》ったことなど、まるで気にしていない。

すぐに魔人《バアル》アグニを仕掛けてこないのも、強者としての余裕なのであろう。

「皆、油断をするな……」

その隙をついてオレは、他の四人に現状の説明をする。

この少年が〝霊獣管理者《レイジュウ・マスター》〟と名乗り、先ほどの五体の霊獣を召喚使役していたと。目的は不明であるが、オレたちをエサにしていること。最終的には近隣にある帝都を滅ぼすことすら計画していると。

ゆえにこの場から退避するのは危険であり、目の前の魔人《バアル》アグニを倒し、少年を拘束する必要があると。

「バカな。こんな幼い少年が霊獣を使役していただと……」

「この状況だと事実みたいっすね、リーンハルトのダンナ」

「そうだな……」

生真面目な性格のリーンハルトは信じられない様子であった。だがラックの言葉に認識を改める。

融通の利かない男ではあるが、オレと行動を共にしてきた経験がこの騎士を成長させていた。

「魔人《バアル》じゃと……」

その単語にシルドリアは反応して、言葉を失う。どんな時でも自信満々な彼女が、初めて見せた驚愕の表情である。

「我が一族には、戒《いまし》め話があるのじゃ……」

シルドリアは静かに語る。

〝魔人《バアル》〟という単語は、帝国の先祖の極秘書物に記録があり、隆盛を誇っていた当時のヒザン部族を、滅亡の寸前まで追い込んだ元凶だと。ゆえに〝魔人《バアル》〟には決して手を出してはいけない。ヒザン帝国の皇帝一族は代々にわたり、そう戒《いまし》められてきたという。

『へえ、ヒザンか。あの時代の国が、まだ残っていたんだ。やはり下等種の生命力はしぶといね』

シルドリアの言葉に、少年が反応する。

『なら今後は徹底的に、ヒザンの虫を駆除しないとね。このアグニ君で』

少年は自分の玩具《おもちゃ》を自慢するように、雄弁に語り出す。

この魔人級《バアルクラス》の霊獣が一体いれば、大陸の四分の一を焦土と化すことができ、帝都ごときは、朝飯前だと。

「キ、キサマぁ……先ほどから勝手なことばかり口にして……」

シルドリアが声を震わせる。

「我ら栄光ある帝国を愚弄して……更には罪のない市民に危害を加えようとは……許せんのじゃ！」

「まて、シルドリア！」

オレの制止も聞かず、シルドリアは駆けだす。獣のような踏み込みで、少年の間合いに一気にたどり着く。まさに神速。シルドリアは圧倒的な剣速で斬りかかる。

『へえ、下等種にしては速いね……』

シルドリアの剣先が、自分の急所に届こうとした瞬間……だが少年は余裕の表情で、言葉を発する。

『でもさ、アグニ君は、〝その程度〟の剣士を沢山駆除してきたからね！』

その言葉と共にシルドリアの身体は吹き飛ぶ。

少年が反撃したのではない。魔人《バアル》アグニが稲妻のように移動して、彼女を攻撃したのである。

「うぐっ!?」

その攻撃をシルドリアは辛うじて防御する。だが身の軽い彼女は、そのまま吹き飛ばされた。受け身のとれない体勢であり、このままでは硬い石壁に叩き付けられてしまう。

「ラック！」

「うぃっす、ダンナ！」

オレの指示にラックは動き出す。まるで軽業師のように壁を飛び越え、駆け出す。そして叩き付けられる寸前の、シルドリアの身体を見事キャッチする。

「くっ、すまないのじゃ、ラック……じゃが、アイツは……」

シルドリアは無事であった。魔人《バアル》の攻撃も何とか剣で防御していた。だが想像以上のアグニの攻撃に、言葉を失っている。

「このヤギ野郎が！　よくも姫さんを！」

皇女であるシルドリアの受けた仕打ちに、帝国の騎士バレスが激怒する。野獣のような雄叫びをあげて斬りかかる。目指す獲物は悪魔の姿を模したアグニの頭部。大剣とは思えない斬り込みの速さである。

「バレス殿、助太刀いたす！」

オルンの騎士リーンハルトも、それに続く。バレスとは反対側から魔人《バアル》の急所を狙う。《十剣《テン・ソード》》の一人の剣速。その剣先は常人には見ない鋭さである。

オルンとヒザンが誇る両騎士の絶妙なコンビネーション。二人の剣技の高さも相まって、それは回避不可能な挟撃である。

『フシュー！』

だが二人の攻撃は防がれてしまった。魔人《バアル》の手に大鎌が突如として現れ、跳ね返されてしまう。鉄塊のようなバレスの大剣ですら、棒切れに見えてしまうほどの大鎌である。

「ちっ！　ヤギ野郎が！」

「これを防ぐのか、こやつは！」

「二人とも、そこを退《ど》くのじゃ！」

魔人《バアル》に防御による隙ができていた。それを狙って赤髪の少女が飛び出していく。体勢を整えたシルドリアが、再び仕掛ける。

「先ほどの礼じゃ！」

無防備となったヤギ頭に、全体重を乗せて斬りかかる。分厚い鉄板すら両断する、シルドリアの必殺の一撃であった。

『フシャー！』

「何じゃと!?　くっ！」

だが絶妙なそのタイミングの奇襲も、魔人《バアル》には通じなかった。アグニは身体の軸をスッとずらし、大鎌でシルドリアの剣先を受け流す。そして逆にカウンター攻撃で彼女を吹き飛ばす。

吹き飛ばされたシルドリアは、辛うじて受け身をとり立ち上がる。

「休む間は与えねぇぜ!!」

「バレス殿、次はもっと速い連撃でいくぞ！」

バレスとリーンハルトは再び攻撃を仕掛ける。先ほどよりも更に速く、そして竜巻のような連撃を魔人《バアル》に叩き付ける。

魔人《バアル》も大鎌を振り回し、それに応酬してくる。あまりの激しい剣戟《けんげき》の応酬に、近づくことも難しい戦いの場であった。

「くっ、大盾が！」

「優男!?　ちっ、硬《か》てぇ！」

ここにきてリーンハルトの複合装甲大盾《コンポジット・シールド》が耐え切れなくなった。魔人《バアル》の大鎌によって切断されてしまう。

その隙を狙いバレスは渾身の力で、相手の急所を斬りつける。だが甲高い音と共に刃先は跳ね返されてしまう。魔人《バアル》の弱点であるはずの核《コア》が、あまりにも硬すぎるのである。

「二人とも、手を休めるな！　攻めて、攻めまくるのじゃ！」

「ああ、言われるまでもねぇ！」

「帝国の両騎士に、私も後れをとる訳には、いかない！」

三人の騎士はこれまで以上に剣気を強める。そして圧倒的な武を持つ魔人《バアル》アグニに、斬りかかっていくのだった。

◇　◇

それから数分の時間が経つ。

激しい金属の打ち合いは、今は静寂となっていた。

「優男、こいつは、ヤベエな……」

「ああ、バレス殿。先ほどの黒狼《フレキ》とは、まるで違う……」

三人の騎士はアグニと距離を置き、言葉を失っていた。ここまで剣を合わせて、肌で感じたのである。この魔人《バアル》アグニが別次元の霊獣だということに。

三人の騎士たちは黒狼《フレキ》霊獣を倒したことで、急激に成長していた。特に対霊獣の戦闘に関しては、大陸でも有数の経験値を得て強くなっている。

だが魔人《バアル》の強さは別次元だった。彼ら三人がかりですら、一撃も有効打を与えられていない。そして騎士たちは本能的に恐怖していた。あの野獣のような闘争心をもつバレスでさえ、今は絶望と恐怖に顔をこわばらせている。

絶望による沈黙が、遺跡の広場を支配する。

「なるほど。人型だからこそ武の技を使うのか」

だが沈黙を破るように、オレは口を開く。

ここまでオレは騎士たちの援護をあえてせず、魔人《バアル》の動きを観察していた。仲間を失う危険性もあったが三人を信じて、魔人《バアル》から発せられる違和感の正体を探っていた。

『へえ、アグニ君の動きが見えたんだね、キミは』

〝霊獣管理者《レイジユウ・マスター》〟を名乗る謎の少年も、答えるように口を開く。

「大鎌と杖術《じようじゆつ》、それに体術か」

『アグニ君は物覚えがよくてね。今まで殺した下等種の技を、すぐに覚えちゃうんだよね』

少年は不敵な笑みを浮べ解説してくる。それは自分の玩具を自慢するような軽薄な笑みであり、嫌悪感を抱かせる表情であった。

「ウルドのヤマト、テメエ……オレさまたちを囮に使ったのか!?」

「落ち着け、バレス殿。ヤマトは何か考えがあってのことだ。今は目の前の魔人《バアル》に集中しろ」

バレスは自分が利用されたことに、激昂していた。リーンハルトが止めなければ、オレに向かって斬りかかってくる勢いだ。

本来の敵である魔人《バアル》を目の前にして、それは異常な反応であった。あの闘争本能の塊のような大剣使いが、明らかに別人のようだ。

「……なるほど、そういうことか」

これで魔人《バアル》アグニの違和感の正体が分かった。最後の謎《パズル》の一つが解けたのである。

「〝恐怖〟か……アグニは恐怖を与える能力を持っているのか。そして最初から全員がその術に掛かっていたのか」

「この妾が恐怖じゃと!?」

『へえ……アグニ君の能力に気がついたんだね。この〝反射恐怖《カウンター・フィア》〟にね』

少年は秘蔵のカードを見せびらかすように、自慢げに説明をしてくる。この術は相手が肉体と精神を鍛えた分に比例して、恐怖を増大させる攻撃だと。つまり腕利きであるほど反射恐怖《カウンター・フィア》は、その威力が倍増されていくのである。

「どういう原理か知らないが、防御不能で激しい恐怖心を与えるのか」

『ふうん……この短時間で、そこまで解析するなんて、たいしたもんだね。でも分かったところで〝反射恐怖《カウンター・フィア》〟は防げないよ!』

ここぞとばかりに少年は高笑いをあげる。相手を絶望のどん底に突き落とし、満面の笑みを浮べる。

「くそったれ……そういうカラクリか。ヤベエな……足が動かなくなってきたぜ……」

「情けない話だが、私も恐怖に心の臓が潰されそうだ……こうして立っているだけでいっぱいいっぱいだ……」

バレスとリーンハルトの全身が、震え始めた。少年の言葉を聞き、自分たちの置かれている状況を理解したのである。

彼らは厳しい鍛錬を自らに課し、数々の戦場を生き抜いてきた強者。肉体だけではなく精神力も、常人のそれを遥かに凌駕《りょうが》している。だが今はその強靭《きょうじん》さがアダになり、苦しんでいた。

反射恐怖《カウンター・フィア》は護符石も効かない、〝呪い〟よりも更に上位の力だ。歴戦の戦士たちを葬ってきた、まさに魔人《バアル》アグニの恐怖の異能の力である。

「反射恐怖《カウンター・フィア》か……面白い」

動けずにいた三人の騎士を横目に、オレは足を進める。向かう先は大鎌を構えている魔人《バアル》の目の前であった。

「ヤマト、危険じゃ！」

「ダンナ、退いてくださいっす！」

シルドリアとラックの悲鳴が響き渡る。対抗策がないまま、魔人《バアル》と戦うのは危険であると叫んでくる。

「大丈夫だ。今から反射恐怖《カウンター・フィア》の破り方を見せてやる」

『へえ……面白い冗談だね。この数百年間、どんな英雄も倒せなかったアグニ君に、勝てる気でいるの？』

少年は眉をひそめて反応する。まだ魔人《バアル》に挑んでくる愚か者がいるとは、思ってもいなかったのである。

「能書きはいい。いくぞ……アグニ」

『フルシュウウウ!!』

オレは魔人《バアル》に正面から突撃していく。それに反応して魔人《バアル》の全身から〝何か〟が湧き出てくる。

（何だ、これは……）

オレは心を澄ませ、全神経を集中して目を凝らす。〝何か〟の正体を突き止めるために。

（これは……霧か……）

魔人《バアル》から出ていたのは不可視の〝霧〟であった。これまでは目視できなかったが、今の自分ならはっきり見える。霧は一瞬にしてオレを包み込んでいく。

「なるほど、これが正体か。どうりで防げない訳だ」

アグニの反射恐怖《カウンター・フィア》の正体は、目に見えない霧であった。霧の粒子は細かく空気に溶け込む性質がある。それゆえに盾や鎧での防御や、剣で斬ることも不可能であった。

「防御も回避も不可能か。では……ここは無《む》に至る……」

魔人《バアル》を目前にして、オレは脱力する。武器も構えず、無防備な全身を相手にさらす。瞳を閉じ全ての雑念を捨て去り、霧による侵食すら受け入れる。

「ヤマト、立ち呆《ほう》けて、何をしておるのじゃ!?」

「ダンナ、武器を構えてくださいっす！」

シルドリアとラックは再び叫ぶ。オレの行動が自殺行為にしか見えないのであろう。

『何それ？　それが反射恐怖《カウンター・フィア》の攻略法なの!?　期待していたけど、興ざめだね』

想定外だったのは相手もであった。少年はつまらなそうに舌打ちをする。

『アグニ君、もう殺《や》っちゃっていいよ』

そして魔人《バアル》に命令を下す。反撃を諦めた愚かな下等種族に、死の鉄槌《てっつい》を下すように。

『フルシュウ！』

アグニは咆哮しながら大鎌を振り上げる。そして丸太のような大鎌を振り下ろしてくる。

「明《めい》……」

そのつぶやきと共に、オレは攻撃を寸前で回避する。瞳は閉じたまま、感覚のみで避《よ》けていた。

『ブルシュウウ！』

アグニは更に攻撃を繰り出してくる。今度は回避し辛い横斬りで。大鎌は空気を斬り裂きながら迫ってくる。

「鏡《きょう》……」

だが、その横斬りも寸前で回避する。イメージするのは柳のような、静かなる身体の動き。無理に逆らうのではなく、自然に身体を流す。

『何をしている、アグニ!?　そんな虫けら、早く切り刻むんだ！』

少年は声を荒らげて命令を下す。逃げてばかりいる者など、全力で潰してしまえと。少年のその表情はこれまでとは違い、少しの苛立《いらだ》ちの色が見える。

『ブルシュウウウウ!!』

強い命令にビクンと反応したアグニは、怒るように乱撃を繰り出してくる。大鎌が竜巻のように振り回される。発せられた衝撃波により、周囲の石壁も吹き飛んでいく。

「止《し》……」

だがオレはその暴風域に向かっていく。上下左右の方位から襲いかかる攻撃を、全て回避しながら。そしてゆっくりと一歩ずつ、魔人《バアル》のもとへと歩んでいく。衝撃波や流れに逆らわず、完全なる自然体で。

「水《すい》」

そして遂にたどり着く。魔人《バアル》の懐に入り込んだのである。

『ブッ!?』

自分の絶対領域への侵入を許してしまい、アグニは硬直していた。この数百年で初めて経験した異常事態に、その思考能力が追いついてないのであろう。

「ヤマト、オヌシはいったい何をしたのじゃ……」

「ダンナが……消えるように、こう歩いて……いつの間にか移動していたっす……」

「これは〝明鏡止水《めいきょうしすい》〟。これが反射恐怖《カウンター・フィア》の破り方だ」

啞然としている仲間に、オレは静かに説明する。これは『人莫鑑於流水　而鑑於止水』という古《いにしえ》の言葉。『邪念がなく静かに落ち着いて澄みきった心』という意味だと伝える。

自称冒険家であった両親から、オレはこの心構えと精神統一の方法を教わっていた。異世界に来てからも、この鍛錬は一日も欠かしていない。向上した身体能力や五感の影響で、日本にいた時より遥かに昇華されていた。

「〝めいきょうしすい〟だと……」

「ああ、そうだ。バレス」

初めて聞く言葉を繰り返すバレスに、オレは説明を続ける。たしかに魔人《バアル》アグニの反射恐怖《カウンター・フィア》は防ぐことができない、恐ろしい能力である。だが心を無に近づけることで、無効化することは可能だと。

「ヤマト……我々もその至極の技を、会得できるのか……」

「ああ。お前たちなら大丈夫だ、リーンハルト」

最初は理解が難しいかもしれない。だが古今東西の武人や修行者であれば到達できるであろう、この境地。バレスとリーンハルト、そしてシルドリアの三人ならいずれは会得できると、オレは確信している。

『ブルッ！』

だがオレの話が終わる前に、硬直していたアグニが動き出す。異常事態の混乱から回復したのである。

『ブルシュウウウウ!!』

そして大鎌を再び振り上げる。目の前の愚かな下等種族に鉄槌を下すために。

「ヤマトのダンナ、危ないっす！」

「大丈夫だ。〝核《コア》〟ごと、コイツを斬り倒す」

「ウルドのヤマト！　ヤギ野郎の核《コア》は普通じゃねえ！　剣が通じねえぞ！」

先ほど自分の攻撃が跳ね返されたバレスが叫ぶ。魔剣〝暴風《マッド・ストーム》〟ですら通じない相手に、どうするのかと。

『ブルシュウウウウウ!!』

アグニは大鎌を〝音の速さ〟で繰り出してくる。これまでで最速の攻撃だ。それは人の身では回避や防御もできない、死の一撃であった。

「大丈夫だ、バレス」

『ブシュ…………ウ……』

だが大鎌は最後まで振り切られることはなかった。なぜならばアグニは、既に活動を停止していた。大鎌を持つその両腕と核《コア》を切断され、魔人《バアル》は咆哮する間もなく、その場に崩れ落ちる。

「これはガトンズ＝ソード。大陸で最高の鍛冶師匠《アイアン・マイスター》であるガトン……その最高傑作の剣だ」

アグニより先に、オレは抜刀していた。

それは山穴族の老鍛冶師であるガトンが作り出した片刃の剣。日本の刀匠が作り出したナイフを原材料にして、山穴族の秘蔵の鋼で打ち直した異質なる剣。

魔獣に百年の恨みを持つガトンの、七日七晩の魂を込めた業《わざ》によって作られていた。

バレスの魔剣のように魔力《マナ》は一切付与されていない。だが〝全てを断ち切る力〟を有する、まさに魔剣の類であった。

『バカな……アグニ君が一撃で……』

「アグニはかなりの霊獣だった」

唖然とする少年に対して、オレは説明をする。魔人《バアル》アグニは恐ろしい相手であった。反射恐怖《カウンター・フィア》という絶対的な能力を持ち、更には人の武術まで使いこなす、まさに魔人であった。

「手強かった。だが人型であったのが、最大の弱点だ」

『何だって……』

四足歩行の獣に比べて、人は不安定で弱い。鋭い牙や爪の攻撃力を失い、身を守る剛毛や皮下脂肪もない。また、ちょっとした転倒落下で、頭部に致命傷を負うリスクもある。間違いなく生物学的には、最弱な型《スタイル》である。

『だが、アグニ君は下等種の、あらゆる武術を……』

「たしかに武を使いこなしていた。だが、そこに〝魂〟はなかった」

人型の最大の利点は手に武器を持ち、技や術を会得できることである。だがアグニの使っていた技には、武の極意たる〝魂〟が入ってなかった。

だからオレは負けなかった。いやアグニに倒された英霊たちのためにも、オレは負ける訳にはいかなかった。

周りから見れば勝負は一瞬であり、オレの無傷の完勝に思えるであろう。だが明鏡止水の会得とガトンズ＝ソードがなければ、アグニを倒すことはできなかっただろう。そんな魔人《バアル》アグニに最大の敬意を表する。

「相変わらずデタラメな男だな、ヤマトは」

「まさか、ここまでの戦士じゃったとは……ヤマトよ」

リーンハルトとシルドリアは唖然としていた。彼らも武人としては、かなりの域に達していたが、別次元である明鏡止水の概念に、今も衝撃を受けている。

「さて、どうする」

アグニの活動停止を確認したオレは、霊獣管理者《レイジュウ・マスター》を名乗る少年に尋ねる。最強の持ち札を失ったようだが、この後はどうするのかと。

『くっ……はっは……』

少年は不気味な笑い声をもらす。先ほどまでの無邪気な子どものような声ではない。どす黒い負の感情がこもった声である。

『ボクが最強の持ち札を失ったたって？　仕方がないな……〝コレ〟は凄く疲れるから、本当は使いたくなかったんだけどね……』

少年の不気味な言葉と共に、周囲の空気が変わる。同時に魔人《バアル》アグニの亡骸《なきがら》が反応する。漆黒の光を放ちながら、大地を大きく揺らす。

「何じゃ、これは!?」

「倒したはずの魔人《バアル》が!?」

「これは……全員、ここから退避だ！」

「ちっ、何だ!?」

三人の騎士は指示に反応して、後方に急ぎ退避する。歴戦の騎士である彼らも、死骸からの異様な霊気に反応していた。

「くっ!?」

全員が無事に退避した直後、魔人《バアル》の死骸は激しく光り、そして爆《は》ぜる。これまで体感したことのない漆黒の爆風が、全員に押し寄せてきた。

「くっ……何じゃ!?　今の爆発は……」

「姫さんに優男、無事か!?」

「ああ、私も大丈夫だ……」

「オレっちも無事っす……」

爆風に巻き込まれた仲間は、全員無事であった。石壁に身を隠し、漆黒の爆風から逃れていた。

「おい、見ろ……あれは何じゃ……」

全員の安否を確認していた、その時である。

爆風の粉塵《ふんじん》が晴れた中心地に、シルドリアが何かを発見する。つい先ほどまで存在しなかった巨大な物体が、そこに出現していたのである。

（これは……生物か……）

その物体の存在を、オレも確認する。それは砦《とりで》ほどのサイズはある、巨大な生物であった。

（まさか、ドラゴンだと……）

出現したのは、この世界にも存在していない幻の竜種。伝説上の存在であるはずのドラゴンが、目の前に降臨したのであった。

第十八章　巨竜降臨

『〝巨竜《ナーガ》〟覚醒だよ……』

　自信に満ちた少年の声が聞こえてくる。

　いつの間にかその声の主は、出現した巨竜《ナーガ》の背中に移動していた。

「〝巨竜《ナーガ》〟覚醒だと？」

　オレは警戒レベルを最大級まで高める。なぜなら少年の発する気配が激変していたからである。

『そうだよ。これがアグニの本当の姿さ。ボク自身の魔力《マナ》を大量に使う奥の手なんだけど』

　見下しながら説明する少年は、明らかに疲弊していた。おそらく魔力《マナ》と呼ばれる精神力を、消費しすぎた反動であろう。だが勝利を確信した笑みを浮べている。

『ボクと魔人級《バアルクラス》の霊獣が一体いれば、この大陸の四分の一を焦土と化すことができる……ってさっき言ったよね、これがその答えさ。巨竜《ナーガ》アグニには、その力があるんだよ！』

「ブフォオオン！」

　少年の言葉に反応して、巨竜《ナーガ》が咆哮をあげる。同時に振動がはしり、大気が津波のように押し寄せてくる。

「くっ……!?」

「これは何じゃ……!?」

それは耳にするだけで足がすくむ、恐怖の咆哮であった。樹海の鳥たちが鳴き騒ぎ、一斉に逃げ去っていく。そして獣たちも混乱して暴れ始める。

先ほどまでの反射恐怖《カウンター・フィア》よりも強力な恐怖が、周囲の全ての生物に襲いかかっていた。野生の本能が恐怖に押し潰されていく。

『うん、分かったよ、アグニ君……さてボクたちはこれから、近くの大きな街に行ってくる』

竜上の少年がアグニの言葉を代弁する。おそらくは先ほどの咆哮で、両者間に意思疎通があったのであろう。

「ここから近い大きな街じゃと……」

その言葉の真意に気がついたシルドリアは、目を見開き言葉を失う。

『そう、キミたちが帝都って呼んでいる街。困ったことに覚醒したばかりで空腹なアグニ君は、そこで恐怖を食らいたいんだってさ……下等種の断末魔の叫びのエサをね』

少年は演技がかった顔で説明をしてくる。恐怖を司《つかさど》る巨竜《ナーガ》アグニの最も好むエサは、人族が死に際に放つ〝絶望と恐怖〟の感情だと。

「帝都だと、テメェ……このクソ野郎が……」

バレスは低い怒りの声をあげる。帝国の騎士であるバレスは、帝都にいる部下のことを想い激怒していた。人の命をエサとしか思っていない少年を、野獣のような両眼で睨みつける。

『キミたちだって腹が減ったら、家畜を食べるよね？　それと同じことさ。それにこれはボクの意思じゃなくて、アグニ君の本能による決定だからね』

少年は肩をすくめながら、困ったような表情でふざけている。巨竜《ナーガ》を強制的に束縛する力は完全でないことが、その言動から読み取れる。

おそらくは巨竜《ナーガ》覚醒した霊獣は、霊獣管理者《レイジュウ・マスター》をもってしても扱い辛いのであろう。

「ブフォオン」

今度は静かに巨竜《ナーガ》が吠える。頭上の少年に向かって、何かの意思を伝えていた。

『分かったよ、アグニ君。雑魚の相手は終わりだよね。じゃあ、そろそろ行くとするか』

少年の言葉と共に大地は再び揺れ、嵐のような強風が吹き始める。人の身であるオレたちは、立っているのがやっとの危険な状況であった。

「まさか……飛ぶのか……巨竜《ナーガ》は……」

まさかの光景にリーンハルトは絶句する。なぜなら砦ほどの大きさがある巨竜《ナーガ》が、空中に飛び立ったのである。そして巨竜《ナーガ》は西の方角へと進路を向ける。それはヒザン帝国の首都〝帝都〟がある方角であった。

『キミたちを滅するのは簡単だから、次の機会にしてあげる……アグニ君、さあ、いこう！　恐怖を食らいにさ！』

「まっ、待つのじゃ……」

シルドリアの悲痛な叫びは届かなかった。

風を切るごう音と共に、巨竜《ナーガ》は飛び去っていく。巨体のため飛行速度はそれほど速くはない。だが徒歩で来た自分たちには、決して追いつけない。

「何ということじゃ……」

シルドリアは悔しさと絶望に、押し潰されそうになっていた。いや彼女だけではない。ここにいる他の騎士たちも恐怖で足がすくみ、なす術《すべ》がなかった。

「姫さん、帝都にはロキと帝国軍がいる……大丈夫だ！」

「バレス……オヌシも分かっているであろう。アレは兵の数でどうにかなる相手ではないのじゃ……」

皇女であるシルドリアの推測は正しい。帝都にはヒザンが誇る騎士団が駐在している。

だが恐怖を操る巨竜《ナーガ》アグニの前では、十万の兵力ですら無力であろう。むしろ大混乱を起こした兵士が、市民と殺戮《さつりく》し合う可能性すらある。

「ちっ……オレさまが遺跡調査でヘマをやらかさなかったら……」

「バレス殿、アレは災厄だ。貴君が悔やんでも仕方がない……」

野獣のような男が下を向く。悔しさでかみしめたバレスの唇から、血が滴り落ちる。

「妾がいながら、何ということじゃ……」

三人の騎士は誰もが言葉を失い、拳を握り締めていた。

彼らは大陸でも最高峰の実力を有した武人である。対人戦では敵う者はなく、更には下位霊獣ですら討伐する実力も兼ね備えていた。

だがそんな三人ですら巨竜《ナーガ》アグニに恐怖していた。人の身では決して敵わない人外に対して、本能で絶望していたのである。

誰もが絶望の淵《ふち》にいた、そんな時である。

「この音は……来たか」

この場所に近づいてくる蹄《ひづめ》の音に、オレは気がつく。

「ヤマトの兄さま、お待たせしました！」

「ああ、クラン。ご苦労だ」

やって来たのはハン族の少女クラン騎馬隊であった。良馬であるハン馬で駆けて、ここまでの獣道を強引にやって来たのである。

「ヤマト……これはどういうことだ!?」

樹海の入り口で待機していたはずの、クランたち騎馬隊の到着。リーンハルトは状況をつかめずにいた。

「オレがさっき、この馬笛で呼んだ」

霊獣との戦いの前のことである。嫌な予感がしたオレは笛で合図を出していた。馬笛は特殊な周波数のために、人の耳には聞こえない。それでクランたち騎馬隊を、密かに呼び出したのである。

「馬だと……ウルドのヤマト、テメェ、まさか……」

「ああ、ハン馬なら追いつける」

何かを察したバレスに、オレは答える。良馬であるハン馬は、一日で数百キロを移動できる。獣道では機動力は落ちるが、今からでも確実に間に合うはずだと伝える。

「ああ、ヤマト……オヌシ、もしや、あの巨竜《ナーガ》と……」

絶望の淵にいたシルドリアの顔に、生気が戻り始める。先ほどの恐怖と絶望を味わいながらも、まだ巨竜《ナーガ》に挑もうとする男《ヤマト》を見つめながら。

「勝負は始まったばかりだ。帝都を救うぞ」

飛び去った巨竜《ナーガ》アグニを追撃することを、オレたちは決意する。罪もない多くの帝都市民を守るために。

◇　◇

ハン族の馬に相乗りしたオレたちは、樹海の獣道を全力で駆け抜ける。

「ヤマトの兄さま！　前方に巨竜《ナーガ》が見えました！」

しばらくして先頭を走るクランから、報告の声があがる。草原の民である彼女の視力は、常人よりも遥かに優れていた。

「ああ、クラン。オレにも確認できた」

少し遅れて馬を走らせるオレの眼にも、巨大な飛翔物体が確認できた。ついに巨竜《ナーガ》アグニに追いついたのである。

だが樹海を抜けた先にある草原で、巨竜《ナーガ》はどこかの軍勢と戦っている。それは真紅の赤で軍を統一した帝国の騎士団であった。

「あれは真紅騎士団《クリムゾン》！　まさかロキが出てきたのか!?」

「何じゃと、兄さまが直々にじゃと？」

馬を走らせながら、バレスとシルドリアが驚きの声をあげる。皇子ロキを守る精鋭騎士団がこんなところにいるとは、夢にも思っていなかった。そして真紅騎士団《クリムゾン》がいるということは、ロキが軍を率いて戦っているのである。

「二人とも驚くのは後にしろ。ロキの援護にいくぞ」

時間が惜しいオレは、馬を走らせながら皆に号令をかける。

なぜなら遠目に見てもロキ率いる騎士団は劣勢であった。低空を飛行する巨竜《ナーガ》に有効打を与えられず、軍勢は一方的に攻撃を受けている。

有能な指揮官であるロキは、陣形を保ちながら善戦していた。だが空を舞うアグニ相手に、そう長くは持たないであろう。

「ロキ兄さま」

「ちっ！　今から助けにいくぞ、ロキ！」

「いや、二人とも待て」

助けに飛び出そうとする帝国の騎士を、オレは制する。このまま策もなく突撃しても、あの巨竜《ナーガ》には勝てないと説明をする。

「ヤマトよ！　じゃが、このままでは……」

「大丈夫だ、シルドリア。オレの仲間がきた」

「仲間じゃと……」

早まるシルドリアを制した、その時。別の移動車輛が接近してくるのを、オレは察知する。

「ヤマトさま！」

「ヤマト兄ちゃん！」

草原を駆けて合流してきたのは、リーシャ率いるウルド荷馬車隊であった。樹海の入り口で待機していた荷馬車隊は、オレの馬笛の警告を聞き退避していたのである。三台の荷馬車は既に偽装を解き、戦闘態勢に移行していた。

「リーシャさん、イシス、それに皆も聞いてくれ……」

ロキたちを助ける時間が惜しい。オレは荷馬車隊と並走しながら、遺跡での出来事を説明する。

「……すまないが、皆の力を貸して欲しい」

ここはヒザン帝国の領内であり、オルンや村とは関係ない場所。だが罪もない人々を守るために力を貸して欲しいと、オレは頭を下げる。

「頭を上げてください。もちろん全力でヤマトさまをお助けします」

「あの竜は悪いヤツなんだろう、ヤマト兄ちゃん。倒さなきゃね！」

「鉱山にいたヤツより、ちょっとだけ大きい霊獣……きっと大丈夫だよ！」

「シルドリアちゃんの家族も助けないとね！」

「ついでに怖い大剣のオジさんの仲間もね！」

リーシャは笑顔で快諾してくれる。子どもたちも待っていましたとばかりに、頼もしい声をあげる。これで強力な弩《クロスボウ》隊と、リーシャの長弓の援護射撃が得られた。

「よし、それなら部隊を再編するぞ」

荷馬車隊と騎馬隊を並走させながら、オレは対巨竜《ナーガ》用に部隊の再編をする。

「クラン、すまないが馬を三頭、借りていくぞ」

「はい、ヤマトの兄さま！」

樹海を抜けるためにオレたちは相乗りしていた。そのハン馬をシルドリアとバレス、リーンハルトの三人の騎士に一頭ずつ割り当てる。

「ハン馬はクセがある。気をつけろ。バレス、シルドリア」

「ウルドのヤマト！　テメエ、誰にものを言っていやがる！」

「妾に扱えぬ馬などないのじゃ！」

初めて乗るハン馬をバレスとシルドリアは、見事な手綱で操る。さすがは猛者揃いの帝国の騎士である。ハン馬の経験があるリーンハルトを含めて、騎馬での戦闘は大丈夫であろう。

「ヤマトの兄上さま、あの霊獣。いくつかの気配ある」

そんな中、荷台にいたスザクの巫女が、オレに助言をしてくる。彼女は一族の中でも特別に不思議な力を有していた。

そんな彼女の言葉によると、巨竜《ナーガ》の身体には四つの気配があるという。頭部に一個、左右の両羽に一個ずつ、そして腹部の奥深くに大きいのが一個だと。

「四つの気配か……なるほど核《コア》が四個あるということか」

巫女の言葉から、オレはアグニの弱点を推測する。あれだけの巨体を動かすためには、通常よりも多くの核《コア》が必要なのであろう。これは戦況を左右するであろう大発見である。

「スザクの民には〝禁断ノ歌〟がある。たぶん恐怖《フィア》を弱められる。少しだけど」

更に巫女は教えてくれる。一族に伝わる〝禁断ノ歌〟には、聞く者の心を守る効果があると。おそらくは巨竜《ナーガ》アグニの恐怖による侵食も、少しの時間なら防げると語る。

「そうか……それならスザクの民の乗る荷馬車は、帝国騎士団と合流だ。イシス、ロキに事情を説明してくれ」

「はい、かしこまりました。ヤマトさま」

イシスはロキと面識があり親しい。

戦闘中で興奮状態にある騎士に誤射されないためにも、彼女の交渉能力が必要となる。これで部隊の編成と作戦が完了する。

「リーシャさんと子どもたちは牽制《けんせい》を」

「はい、ヤマトさま！」

「まかせて、ヤマト兄ちゃん！」

二台の荷馬車はリーシャに任せる。彼女の機械長弓《マリオネット・ボウ》と弩《クロスボウ》隊には、長距離攻撃で巨竜《ナーガ》への牽制を指示する。決して無理はしないようにと、念を押しておく。

「クランたちはオレたちの援護を」

「はい、ヤマトの兄さま！」

クラン率いるハン族の騎馬隊は、オレたちに同行してもらう。連射性の高い覇王短弓《テムジン・ボウ》で、援護射撃を指示する。

「イシスとスザクの民は、ロキたちと合流を」

「はい、ヤマトさま」

イシスとスザクの民の子どもたちは、帝国騎士団と合流である。巨竜《ナーガ》の恐怖《フィア》による攻撃を、〝禁断ノ歌〟で防いでもらう。

「おい、ガトンのジイさん。まだ、生きているか？」

「ふん。残念ながら生きておるぞ、小僧」

荷馬車の荷台で、車酔いに苦しんでいたガトンに声をかける。乗り物に弱い山穴族であるが、今のところは精神力で頑張っていた。

「槍を全部使う。準備しておいてくれ」

「ふん。あの相手に、いきなり実戦か」

「ジイさんの腕を信用しているからな」

「相変わらずじゃな……だが準備は任せておけ」

オレが設計した新兵器の準備を、ガトンに指示しておく。今も背中に一本背負っているが、荷台に何本か短槍の予備があった。

スザクの巫女の言葉によると、一番大きな核《コア》は巨竜《ナーガ》の身体の奥底にあるという。ガトンズ＝ソードが届かない深さとなると、この新兵器の攻撃力が頼みの綱となる。

「さて、最後はお前たちだ。今なら降りるのも間に合うぞ」

巨竜《ナーガ》に接近戦を仕掛ける自分たちは、間違いなく命がけになると。その覚悟があるかと、左右を駆ける騎士たちに尋ねる。

「ウルドのヤマト！　テメエは気に食わないヤツだ。だが今回だけは従う！」

「兄さまと帝国の民は、妾が必ず救うのじゃ！」

「愚問だな、ヤマト。オルンの騎士の誇りにかけて、必ずあの巨竜《ナーガ》を打ち倒す！」

オレの言葉はどうやら、彼らの闘志に火を点けてしまったらしい。

帝国の大剣使いバレスと剣皇女シルドリア、そしてオルン近衛騎士リーンハルト。三人の騎士は魂を燃やして誓う。あの邪悪な巨竜《ナーガ》を倒し、大切な者たちの未来を救うと。

樹海で巨竜《ナーガ》に恐怖していた面影は、今はもうそこにはない。オレの左右を駆けるのは、この大陸で最も頼りになる戦士の顔であった。

「ああ、そうだな……さあ、いくぞ。皆！」

その熱気が伝染したのであろうか。オレも魂を燃やし叫び、全員に号令を下す。

倒すべき相手は、恐怖と悪意の源である巨竜《ナーガ》アグニ。目の前に迫った巨体に向かって、オレたちは突撃していくのであった。

第十九章　巨竜討伐戦

「殿下、ここは後退を！」

巨竜《ナーガ》アグニの前に、帝国軍は劣勢であった。なぜなら巨竜《ナーガ》は空を飛び、こちらの剣は届かない。弓矢での攻撃も、強固な鱗《うろこ》に跳ね返されてしまう。

「くっ、前線を下げるぞ！」

皇子ロキは苦渋の選択を繰り返していた。騎士最大の攻撃である近接戦闘を封じられ、帝国軍は防戦一方。今のところはロキの卓越した指揮で、被害を最小限に抑えている。

『下等種の分際で頑張るね。もっとアグニ君と遊ぼうよ』

だが巨竜《ナーガ》に乗る謎の少年は、明らかに遊んでいた。帝都までの暇つぶしだと言いながら、上空を旋回している。

帝国最強と名高い真紅騎士団《クリムゾン》が稚児の扱いを受け、そして全滅の危機に瀕していた。

「殿下！　何者かが、巨竜《ナーガ》に突撃していきます！」

「何だと!?　どこの軍だ？」

「はっ、殿下。それが、たった四騎で突撃していきます……」

果敢にも巨竜《ナーガ》に立ち向かっていく猛者が現れたのである。だがそれは、たったの四人であった。無謀にも程がある、自殺行為の愚行にしか思えない。

「あれは……まさか……ここは副官に任せた。行ってくる！」

遠目の利くロキは、その四人の顔に見覚えがあった。そして部下の制止を振りきり、彼らに向かって単騎で駆けていく。

その四騎の先頭を駆けるのは、北の賢者と呼ばれる男。こうしてロキはヤマトたちと合流するのであった。

◇　　◇

「ウルドのヤマト！　ここは戦場だ。何をしにきた!?」

ロキは指揮をしていた騎士団を離れ、オレたちのもとに単騎でやってきた。そして警告を発してくる。ここは危険であり、後方の荷馬車隊と共にすぐに退避しろと。

「あの巨竜《ナーガ》はオレたちが倒す。ロキ、協力しろ」

「何だと、キサマ!?　商人が殿下に向かって不敬な！」

ロキに追いついた近衛騎士の一人が、無礼であるぞと叫んでくる。どこの馬の骨とも知らぬ男の指示など聞けるはずがないと、怒りをあらわにする。

「ロキ兄さま、お願いじゃ！　ここは妾を信じて、ヤマトの作戦を聞いてくれ！」

「シルドリア姫殿下!?　な、なぜ、そのような者の肩を……」

まさかの皇女シルドリアの言葉に、帝国の騎士たちはわざつく。

おてんば姫として有名なシルドリアであるが、その剣の腕は帝国でも指折りである。そして彼女は誰よりもヒザン帝国を愛し、騎士たちからの信頼も厚い。

そしてシルドリアに続き、次なる騎士が声をあげる。

「ロキ……悪いがここは、ヤマトの策にのってくれ。帝都を守るために！」

「バ、バレス団長まで……」

バレスまでオレの擁護にまわる。まさかの騎士の発言に、帝国の騎士たちは言葉を失う。

バレスは野獣のような男であるが、戦場では誰よりも部下のために身体を張ってきた。そんな大剣使いに憧れて、騎士を目指す若者は多い。

「貴殿ほどの騎士が認める、その方は……」

傍若無人でもあるバレスは、滅多なことでは他人を認めない。だがその男が言っているのである。ウルドのヤマトの策を信じろと。帝国の騎士たちの戸惑いははかり知れない。

「ロキ殿下……」

「殿下……」

皆、皇子ロキに視線を向け、主の言葉を待っている。彼らは勇猛を誇る帝国軍の一員。だからこそ命令があれば、どんな危険な策にも従う。

「シルドリア、それにバレス……」

ロキは目を細め思慮する。皇子としての究極の決断を苦悩していた。帝都に住む全ての民の運命が、ロキに託されていた。

「分かった……貴君らを信じる。策にのろう、ウルドのヤマトよ！」

そしてロキは英断する。

「兄さま……感謝するのじゃ」

「これで飯の借りが一つだな、ロキ」

シルドリアとバレスは微《かす》かに口元を緩める。そしてロキと三人で互いの顔を見回す。

「話はそこまでだ。くるぞ」

オレは全員の気を引き締めさせる。上空を旋回していた巨竜《ナーガ》が、ゆっくりとこちらに向かってきたのである。

『あれ？　誰かと思ったら。キミたちもこの遊びに交じりにきたのかい？』

巨竜《ナーガ》の上に霊獣管理者《レイジユウ・マスター》を名乗る少年がいた。こちらを見下しながら、余裕の言葉を発してくる。

騎士団との戦いも少年にとっては、暇つぶしの遊びにすぎないのだろう。

「テメェ！」

「キサマ、帝国を愚弄するそのもの、そこまでじゃ！」

自軍を侮辱されたバレスとシルドリアが、声の限りに叫ぶ。先ほどの樹海遺跡では引けを取った。

だが今度は臆することなく、巨竜《ナーガ》を倒すと宣言する。

『さっきはアグニ君に怯えて、何もできなかったキミたちが？』

騎士たちの宣言を、少年はあざ笑う。それは強者だけが発せられる余裕の言葉。剣も弓も通じない巨竜《ナーガ》を使役する少年は、この場を支配する絶対者であった。

「さっきは、軽く驚いていただけだ」

『何……だって』

だがオレは正直に答える。空想上の生物であるドラゴンの出現に、オレは少し驚いただけだと。

『へえー。面白い冗談を言うんだね……下等種の分際で』

「巨竜《ナーガ》は図体ばかり大きい木偶《でく》の坊だ」

たしかに巨竜《ナーガ》は竜鱗《ドラゴン・スケイル》と巨体を有する恐ろしい存在である。だが、それだけだった。オレから言わせれば魔人級《バアルクラス》の方が強敵。巨竜《ナーガ》覚醒させたのは愚策だった。

『なっ……霊獣管理者《レイジュウ・マスター》であるボクの……自慢の巨竜級《ナーガクラス》を木偶の坊だって……』

「気に障ったのなら謝る。だがこれは事実だ」

『この下等種がぁ……！』

そのひと言で少年は表情を一変させる。先ほどまでの絶対者としての余裕は消えていた。

『帝都なんてどうでもいい！　お前たちを跡形もなく消す！』

「ブフォオオン！」

少年の叫びに反応して、巨竜《ナーガ》が咆哮をあげる。平原に振動がはしり、大気が津波のように押し寄せてくる。

「くっ、これは……」

「先ほどの咆哮じゃ……」

それは耳にするだけで悪寒がはしり、足がすくむ恐怖の咆哮であった。ロキの率いる帝国の騎士たちに、耐え難い恐怖《フィア》が襲いかかる。

先ほどまでは遊びで騎士団を相手していた巨竜《ナーガ》が、いよいよ本気を出したのである。このままでは恐怖に押し潰され、帝国軍は自滅してしまうであろう。

「〝禁断ノ歌〟を！」

「はい、ヤマトの兄上さま。皆、いくよ」

「はい、巫女さま！」

オレの合図に、スザクの子どもたちが反応する。その声は不思議な旋律を奏で、平原に響き渡る。

それは不思議な歌であった。耳から聞こえてくるのではなく、直接的に自分の心に響くメロディー。聞いている者たちに不屈の勇気を与えてくれる歌。これがスザクの民の秘術〝禁断ノ歌〟であった。

「おお！　身体中に力がみなぎるぞ！」

「見ろ。身体の震えが止まったぞ！」

歌が聞こえると、帝国の騎士から声があがる。巨竜《ナーガ》の咆哮に蝕《むしば》まれていた、心と身体が回復した。

スザクの子どもたちの歌が、恐怖から守ってくれたのである。

『これは〝古の呪歌〟!?　まさか、生き残りがいたのか!?』

竜上の少年は明らかに狼狽《ろうばい》していた。絶対的な効果がある巨竜《ナーガ》アグニの咆哮が、無効化されるとは思ってもいなかったのであろう。

そして滅んだはずの歌い手が、今も生き残っていたことに動揺していた。それだけスザクの民の力は希少なのであろう。

『だが、恐怖咆哮《フィア・ブレス》がなくても、魔竜級《ナーガクラス》の前に下等種は虫けら以下なのさ！』

少年は吠える。強固な竜鱗《ドラゴン・スケイル》を有し、天空を舞う巨竜《ナーガ》は絶対種であると。これまでもアグニは人族が英雄と誇ってきた者たちも、葬ったのだと誇らしげに語る。

「そうか。なら、それも今日で終わりだ」

おしゃべりの時間は終わりである。自軍の陣形が整ったことを確認したオレは、単騎で巨竜《ナーガ》に向かって駆けていく。

「ヤマト、待つのじゃ！　危険じゃ！」

「ヤマト！」

それは仲間たちも予想していない、独断による突撃であった。だがオレは制止の声に構わず、愛馬である王風《ワンフー》に全速力を指示する。

『まずはオマエからだ！　やれ、アグニ！』

少年の命令にアグニは反応する。全体重を乗せて竜爪《ドラゴン・クロウ》を振り下ろしてきた。

まるで巨木が天から投擲される、そんな恐ろしい恐怖感が頭上から襲ってくる。鋭く重い竜爪《ドラゴン・クロウ》は、どんな頑丈な防具でも防げない攻撃である。

「だが、何の技も知恵もない攻撃だ」

オレは、腰から抜刀する。その剣は老鍛冶師の魂が込められた傑作ガトンズ=ソード。

「はっ！」

気合の声と共に、オレは剣を振り抜く。巨竜《ナーガ》の攻撃を回避して、逆に竜指の一本を剣で切断する。

巨木ほどの太さの竜指が、大地に吹き飛んでいく。

「ブフォオン!?」

自慢の爪を指ごと切断されて、巨竜《ナーガ》アグニは激しく叫ぶ。この世に誕生して、これまで一度も味わったことのない痛みに混乱していた。

『バカな!? アグニの竜鱗《ドラゴン・スケイル》は、魔剣すら跳ね返す強度だぞ!?』

痛みで暴れるアグニから振り落とされないように、竜上の少年は必死だった。そして驚愕していた。まさか巨竜《ナーガ》アグニがダメージを受けるとは、夢にも思っていなかったのだろう。

「簡単なことだ。鱗のすき間を狙っただけだ」

たしかに巨竜《ナーガ》の鱗の強度は本物であった。だが、どんな強固な物体にも必ず欠点は存在する。オレは、鱗のすき間を狙って刃先を入れた。

『バカな、動いている巨竜《ナーガ》の鱗のすき間を……そんなもの狙ってもできる芸当では……』

竜上の少年は呆然としている。だが今はそれに構っている暇はない。

「さあ、次はこっちの順番《ターン》だ」

ここからオレたちの反撃の時間である。傍若無人で暴れ回っていた、巨竜《ナーガ》アグニに対して攻勢を仕掛ける。

「皆見ていたか！」

ロキが率いる帝国騎士団に、オレは問いかける。たった一人で竜爪《ドラゴン・クロウ》を吹き飛ばした蛮行に、彼らは唖然としていた。そんな騎士たちを、オレは一人一人見つめていく。

「巨竜《ナーガ》といえども斬られれば、こうして血を流し苦しむ！」

オレは魂を込めて、帝国の男たちに問う。

この邪悪な巨竜《ナーガ》を打ち倒すのは、いったい誰だと。帝都にいる大事な家族や仲間を救うのは、いったい誰なのだと。

「一介の村人であるオレにも、この通りにできた。だが帝国の誇る、お前たち騎士はどうだ？」

血のにじむような厳しい鍛錬を乗り越え、血反吐《ちへど》を吐きながら剣を振るってきたのは何のためだと。ヒザン帝国の武人の誇りを見せるのは、いったい何時《いつ》なのだと。

「命を惜しむな。武人としての名を惜しめ！」

古の武士の言葉を用いて、オレは帝国の騎士たちに伝えた。今こそ持てる全ての武勇と蛮勇を吐き出す時である。

「自分の大切な者たちを守るために、その鍛え上げた手で剣を抜け」

「うっ……」

「うおぉぉお！」

「うぉおおお！」

オレの問いかけに反応して、地鳴りのような声があがる。その声は波紋のように全騎士に広がっていく。

「帝国騎士の力を今こそ！」

「帝都を守るのはオレたちだ！」

「愛する家族を守るために！」

全ての帝国騎士が声の限り叫ぶ。それは心の底からの魂の叫び。自らの命がここで絶えようとも、絶対に巨竜《ナーガ》を打ち倒すと誰もが吠える。巨竜《ナーガ》に対して恐怖していた姿は、もうそこにはなかった。

「ロキ殿下！」

「殿下！」

帝国の男たちは、自らの主に視線を向ける。聡明なる皇子であり、勇猛なる男ロキの発する言葉を待つ。頂点に達した自分たちの武の魂を、解き放ってくれる命令を。

「皆の者、待たせたな。真紅《クリムゾン》騎士団……全突撃《フル・チャージ》！」

「「うぉおおお!!」」

ロキの号令と共に真紅の騎士たちは、一斉に馬を走らせる。それは全てを投げ捨てての全力の突撃であった。

これまで血のにじむような鍛錬で培ってきた、全ての武の結晶をその槍先に込める。そして真紅の鎧をまとった騎士たちは、自らが槍となり巨竜《ナーガ》に全突撃《フル・チャージ》していく。

『ちっ!?　アグニ、〝飛べ〟……強制命令《ハイ・ギアス》だ！』

アグニは竜指を切断された痛みで、地上に降りていた。危機感を感じた少年は強い命令を出す。

先ほどまでとは違い、その言葉には魔力《マナ》を込めていた。おそらく霊獣管理者《レイジュウ・マスター》としての絶対的な強制命令《ハイ・ギアス》なのであろう。

『グルシュウ!!』

強制命令《ハイ・ギアス》に反応したアグニは飛翔の準備に入る。背中の竜羽の核《コア》が魔力《マナ》で怪しく光っていた。このまま空に逃げられたら、騎士たちの突撃は届かなくなる。

だが、その瞬間をオレは待っていた。

「リーシャさん、今だ！」

彼女たちは巨竜《ナーガ》の後方から密かに接近していた。これは森の狩りで培われてきた、阿吽《あうん》の呼吸によ る絶妙なタイミング。

「撃て！」

凛《りん》としたリーシャの号令と共に、荷馬車隊から攻撃が発射される。ウルド式の弩《クロスボウ》隊による斉射。金属板すら貫通するその矢が、烈火の雨のごとく竜羽に襲いかかる。

『グルシュウ!?』

自慢の竜羽に攻撃を受けたアグニは、痛みに耐え切れず叫ぶ。だが強制命令《ハイ・ギアス》を受けており中断はできない。魔力《マナ》を羽の核《コア》に再度注入して、強行で飛翔を試みようとする。

だが先ほどの弩《クロスボウ》隊の攻撃で、わずかな時間差《タイムラグ》が生まれていた。

「死を恐れるな！　全突撃《フル・チャージ》！」

その隙を狙って帝国の騎士たちが、次々とアグニの身体に突撃していく。まさに絶好のタイミングであった。

「帝国、万歳ぃい！」

「ウオォオオオ！」

「くたばりやがれぇ！」

回避すら考えない最高速の軍馬による突撃。それは騎士が個人で出せる地上最強の破壊力を誇る。そんな槍が次々と巨竜《ナーガ》の身体に突き刺さっていく。

オレが教えた鱗のすき間を狙った決死の突撃。運悪く失敗して馬から吹き飛ばされる者もいた。突撃に失敗した者たちの命は、確実にないであろう。

「突撃に続けぇ！」

「仲間の死を無駄にするなぁ！」

だが決死の覚悟の騎士たちは、誰一人として怯《ひる》んではいない。愛する家族と祖国を守るために、命と魂を込めた突撃を続けていく。

帝国男子である彼らは、幼い頃から死に物狂いで武に励んできた。そんな彼らの命がけの全突撃《フル・チャージ》に、この地上で貫けぬものはない。

真紅の流星のような突撃が、地に落ちた巨竜《ナーガ》に次々と襲いかかる。

『グルシュウゥゥウウウ！』

命がけの突撃を受けて巨竜《ナーガ》は、これまでにないほど悲痛に叫ぶ。竜羽に続き全身にも、突き刺すような激痛が襲ってきた。それはアグニが初めて受ける種の痛みであり、耐え難い屈辱であった。

『ちっ。下等種どもめ！　アグニ、〝なぎ払え〟！　強制命令《ハイ・ギアス》！』

穴だらけになった竜翼の再生には、まだ時間がかかる。上空への退避を諦めた少年は、次なる強制命令《ハイ・ギアス》を巨竜《ナーガ》にくだす。

『虫けらどもを踏み潰し、嚙み砕くのだ！』

蟻《あり》のように群がる騎士団を、その巨体をもって吹き飛ばせと、少年は声を荒らげる。

砦ほどの巨竜《ナーガ》が大地を暴れ回るだけで、周囲の騎士たちは全滅である。だが、オレはその瞬間も待っていた。

「リーンハルト、シルドリア、今だ！」

彼らは巨竜《ナーガ》の後方からハン馬によって接近していた。

「シルドリア姫殿下は左を！」

「了解じゃ！」

二人の騎士は左右に分かれて馬で突撃していく。狙う先は地上戦を仕掛けるために、無防備となっているアグニの左右の竜羽。その根元にある真紅に輝く核《コア》であった。

「ヒザン帝国の一撃じゃ！」

「ここにいる全ての騎士の誇りを込めて！」

気合の声と共に馬から飛び出し、二人は竜羽に斬りかかる。身体能力が高く身の軽い二人にしかできない離れ業。閃光のように鋭い一撃が、両羽の核《コア》を真っ二つに切断する。

『グルシュウゥゥ！』

『バ、バカな!?　下等種ごときが！　アグニ、〝最恐怖息《ハイフィア・ブレス》〟だ。皆殺しにしろ！　強制命令《ハイ・ギアス》！　強制命令《ハイ・ギアス》！』

二つの核《コア》を同時に破壊され少年は焦る。最終手段の攻撃をアグニに強制命令《ハイ・ギアス》する。

『出し惜しみは、もう止《や》めだ……　〝最恐怖息《ハイフィア・ブレス》〟は絶対に防げないんだよ！』

最恐怖息《ハイフィア・ブレス》は〝禁断ノ歌〟でも防ぐことができない、巨竜《ナーガ》アグニのもつ最大の攻撃。巨大な竜顎《りゅうあご》が開き、口元に漆黒の瘴気《しょうき》が集約されていく。

この戦いにおける最大の危機がオレたちを襲う。だが、それは最大のチャンスでもあった。

「バレス、いけるか」

最後の指示をだす相手は、単騎で危険な竜顎の前に進む猛者。ヒザン帝国の誇る大剣使いバレスであった。

「ウルドのヤマトよ、テメェは本当に気に食わねえ男だ！」

バレスは吠える。巨大な竜を目の前にして、決して怯まず猛獣のように咆哮する。

「だが……今回だけは感謝してやるぜ！」

そして愛剣を天に掲げて、魂を削りながら叫ぶ。

「〝暴風《マッド・ストーム》〟よ……」

バレスから魔力《マナ》の籠った言葉が発せられる。目に見えない風の魔力《マナ》が、バレスの大剣へと集束していく。そして周囲の風が魔剣に集まり、全ての音が消える。

「全てを断ち斬りやがれぇぇ!!」

魔剣〝暴風《マッド・ストーム》〟の力が最大限で放出される。バレスは樹海遺跡で全ての魔力《マナ》を使い切っていた。

だからこそ魂を削った最後で最大の一撃。それはオレが見せた明鏡止水《めいきょうしすい》を、無意識にバレスが真似した無心の剣撃であった。

『ウギャルシュウゥ！』

巨大な真空斬撃の断頭台が、巨竜《ナーガ》の頭部を核《コア》ごと吹き飛ばす。そのあまりの威力に平原の地面まで、一文字に斬り裂かれる。

「けっ、トカゲ野郎が……ざまあみろってんだ……」

絶大な一撃で全てを使い果たしたバレスは、そのまま馬上で気絶する。命に別状はないが、しばらく戦闘は無理であろう。

「おお、バレス卿!!」

「バレス殿がやってくれたぞ！」

バレスの勇猛さに帝国騎士から、歓喜の雄叫びがあがる。頭部を破壊して、巨竜《ナーガ》を打ち倒したと沸き立っていた。

『バカな、バカな!?　下等種ごときが、巨竜《ナーガ》を……アグニを……』

竜上の少年は唖然としている。魔剣の攻撃で吹き飛んだアグニの頭部を見つめながら絶句していた。

何しろ巨竜級《ナーガクラス》の霊獣は、ただの巨大な霊獣ではない。その圧倒的な力と強固な肉体で、多くの人族の国々を滅ぼしてきた存在なのである。

過去には数万の軍勢や、英雄と呼ばれた者たちも一蹴してきた。恐怖《フィア》の力により烏合《うごう》の衆と化した軍勢など、物の数ではなかったのである。

『そうだ……恐怖《フィア》の力さえ…… 〝古の呪歌〟の歌い手を殺せ、アグニ！』

『グルシュウゥウ……』

竜の原形を失いながらもアグニは反応する。強制命令《ハイ・ギアス》に従い、漆黒の触手を無数に湧き出させる。それは槍のように鋭く形成され、スザクの子どもたちへと鋭い矛先を向ける。

「くっ、まだ生きているのか!?」

「不死身の化け物め！」

「何だ、あの触手は!?」

帝国の騎士たちは驚愕している。岩塩鉱山にいた霊獣と同じように、アグニも不死身に近い。そして触手による攻撃も有していたのであった。しかも触手の槍の数は鉱山の比ではない多さ。その数は百を軽く超えていた。

「くっ、まずい!? 歌い手たちを守るのだ！」

「急げ！ 騎士団、戻れ！」

自軍の勝利に沸いていた戦場に、再び騎士たちの叫びが飛び交う。〝古の呪歌〟を失うことの恐ろしさに対して。そして頭部を破壊されながらも生きている、巨竜《ナーガ》の生命力に混乱していた。

『無駄だよ！ やはり下等種ごときじゃ、ボクには勝てないんだよ！』

逆転の道を見つけた少年は勝利の笑みを浮べる。四個の核《コア》を有する巨竜《ナーガ》アグニは、腹部にあるメイン核《コア》さえあれば不死身だ。そしてメイン核《コア》を破壊できる武具は、この世に存在しない。


「この世に永遠の物質など、存在しない」

そんな少年の言葉を否定するように、オレはつぶやく。

『ば、バカな……いつの間に……』

オレが立っていた場所は、少年と同じ竜上である。全員の意識がスザクの民に向いた瞬間、ここまで一気に駆け上がってきた。気配もなく接近したオレの姿に、少年は目を見開いている。

「さて……」

巨竜《ナーガ》に向かってオレは槍を構える。

『そんな、槍では、このアグニ君は……』

「これで終了《チェックメイト》だ」

集中したオレに、少年の言葉はもう意味をなさない。全てを終わらせるために、狙いをつけて槍の引き金を引く。

「くっ……」

同時に手元で爆発が引き起こる。そして巨竜《ナーガ》の背中は吹き飛び、大きくえぐれる。

『バカな……竜鱗《ドラゴン・スケイル》が……』

攻撃は成功した。だが、オレ自身にも凄まじい衝撃が跳ね返ってくる。身体能力が強化されている自分ですら、全身がバラバラになりそうなほどの反動である。

「ガトンのジイさん、次だ！」

「ふん！　受け取れ、小僧！」

だがそれには構わずに次の攻撃に移る。巨竜《ナーガ》の足元で待機していたウルド荷馬車から、数本の槍が投擲されてくる。これは一撃で破壊できなかった時の、予備の武器であった。

「さすがは魔竜級《ナーガクラス》、たいした硬度だ。だが、これならどうだ！」

吹き飛んだ巨竜《ナーガ》の背中の穴に、先ほどと同じように攻撃を繰り出す。爆風と反動に耐えながら、連続で槍の引き金を引く。そして何度目かの攻撃で、ついに巨竜《ナーガ》の背中に大穴が空けられる。

「あれがアグニのメイン核《コア》か……」

オレは槍による連続攻撃で、超硬度の竜鱗《ドラゴン・スケイル》と竜殻を破壊した。

足元にある大穴の先には、真紅で巨大な結晶がむき出しになっている。これまでに見たこともないような大きさの核《コア》。巨竜《ナーガ》の弱点であるメイン核《コア》が、ついにその姿を現したのである。

『バ、バカな……下等種ごときが……アグニの竜鱗《ドラゴン・スケイル》と竜殻の二重装甲を……』

少年は魔竜級《ナーガクラス》のメイン核《コア》を守る防壁に、絶対の自信をもっていた。だがその自信は完全に打ち砕かれていた。目を見開き絶句している。

『何だ……その槍は……』

少年は言葉を失いながら、オレの持つ槍に視線を向けてくる。魔剣ですら破れない二重装甲を、軽々と吹き飛ばした謎の槍。

「〝これは強弩槍《バリスタ・ランサー》〟だ」

自ら開発した新兵器の名を告げ、巨竜《ナーガ》の背中に空いた大穴にオレは飛び込む。

「オレたちは下等種族ではない」

愛剣を腰から抜き、巨大なメイン核《コア》を切断する。

「そしてウルドのヤマト……それがオレの名だ！」

そして自らの名を名乗る。こうして大陸の歴史上最恐と伝わる、巨竜《ナーガ》アグニは息絶えたのであった。

◇　◇

『バ、バカな……下等種ごときの武具が、巨竜級《ナーガクラス》を倒すなどと……』

霊獣管理者《レイジュウ・マスター》を名乗る少年は、風化を始めた巨竜《ナーガ》の光景に言葉を失っていた。メイン核《コア》を守る防壁に、絶対の自信をもっていたのであろう。

「この強弩槍《バリスタ・ランサー》は普通の武具ではない」

『何……だと!?』

唖然としている少年に、オレは説明をする。強弩槍《バリスタ・ランサー》は、一見すると普通の短槍。だが自分が設計して、ガトンが作ったコレは普通ではない。

何しろ槍として相手を突き刺す武器ではなく、巨大な弩《クロスボウ》。つまり攻城兵器の強弩《バリスタ》なのである。

『そのサイズで、攻城兵器だと……』

「ああ。原理は簡単だ」

個人が携帯する武器がまさかの攻城兵器とは。驚愕している少年に説明を続ける。

強弩槍《バリスタ・ランサー》の原理はウルド式の弩《クロスボウ》と同じ。だが巻き上げと発射については、特殊な素材を使用している。

（特殊な素材……〝火石神の怒り〟のことは秘匿だ……）

〝火石神の怒り〟は元々火薬ほどの威力はないが、オレの調合で強烈な破壊力を生み出す武器となった。

「また霊獣を召喚しても、この強弩槍《バリスタ・ランサー》の前には無駄だ」

発射時の槍の加速と、到達時の破壊力増加に秘石を使用していた。それで超硬度の巨竜《ナーガ》の竜鱗《ドラゴン・スケイル》や体内甲殻を破壊できたのだ。これは戦の兵器として利用するつもりはなく、対霊獣用の秘密兵器としてオレだけが所有していく。

『なるほどね……下等種の中にも特異種《エラー》がいたのか……ウルドのヤマトとやら』

オレの説明を聞き終え、少年は表情を変える。特異種《エラー》という謎の単語と共に。これまでの舐めきった態度は、もうそこにはない。

対等な存在と相対するように、オレの全身を観察してくる。

『特異種《エラー》であるキミは、この世界には危険だ……』

つぶやきながら少年は、何やら術を展開していく。隙がなくなった少年には迂闊《うかつ》に飛び込めない。

『でも今日のところは見逃してあげよう……〝門《ゲート》〟』

その言葉から移動用の術と推測できる。それを証明するかのように、少年は足元から姿が消えていく。

『ヤマト……いくつかの月日が経ち、ボクの魔力《マナ》が回復した時に、キミを消滅させる。完全に力を取り戻したボクの力でね……』

霊獣の召喚と巨竜覚醒《ナーガ》で、少年は多量の魔力《マナ》を消費していた。数か月後の完全回復した時が楽しみだと、不敵な笑みを浮べている。

「オレの所にくるのは、いつでも構わない。だが対価は貰おうか」

『対価だって!?　面白い冗談を言うね、ヤマト』

少年の身体はほぼ転移を終えていた。オレや他の騎士たちは、追撃できる場所にはいない。それを知る少年は、余裕の表情である。

だが余裕ならオレにもあった。

そう、少年は気がついていなかったのである。オレでも騎士でもない、第三の男の存在に。

「ラック、今だ！」

「うぃっす、ダンナ！」

『何だと!?』

オレの指示と共に少年の背後から、軽薄な声があがる。

その声の主は遊び人ラック。誰にも気がつかれることなく巨竜《ナーガ》の背中を駆け上がり、ここまで接近していたのである。警戒心の強い霊獣管理者《レイジュウ・マスター》ですら気がつかない、見事な隠密術を駆使して。

「これは皆の受けた痛みっす！」

転移中の少年に、ラックは飛びかかっていく。樹海や平原の戦いで傷つき、死んでいった騎士たちの想いを拳にのせて。

『へえ、下等種の分際で、たいしたものだね……でも、あと一歩遅かったね！』

だが少年はヒラリとかわす。転移中の状態でありながら、強引に回避したのである。

そして決死の覚悟で飛びかかってきたラックを見下す。所詮は下等種の浅知恵であったと。

「遅かっただと？　そいつの手癖《てくせ》の悪さは一級品だぞ」

『何を言っているんだい、ウルドのヤマト……』

少年は忠告の意味が理解できずにいた。なぜならラックの突撃を完璧に回避して、門《ゲート》の術による転移も終わる間際。もはや逆転のチャンスは失われたはず。

『ん……何だい、この小石は……？』

勝利を確信していた少年は、何かに気がつく。いつの間にか自分の服の中に、赤い石が入っていたのである。

「それが対価だ」

「お土産っす。かなり熱々になるっすよ！」

『な、何だって………』

少年の叫びは最後まで聞こえることはなかった。門《ゲート》による転移が終了したのである。そして凄まじい爆発音が、消えた門《ゲート》の奥から鳴り響いてきた。

元凶である霊獣管理者《レイジュウ・マスター》の少年が消え、平原に静寂の時が訪れる。

「ラック、やったのじゃ！」

「さすがにあの爆発では、無事であるまい！」

戦況を見守っていたシルドリアとリーンハルトが、竜上に駆け登ってきた。そしてラックの多大なる功績を称える。これまで誰も触れることができなかった霊獣管理者《レイジュウ・マスター》に、強烈な一撃を最後に加えたのである。

◇　◇

「いやー、実はヤマトのダンナの秘密作戦のおかげっす」

謙遜しながらラックは苦笑いする。すれ違いざまにラックが少年の懐に入れたのは、〝火石神の怒り〟であった。これはオレが巨竜《ナーガ》に突撃する前に、指示しておいた策である。

「よくやったな、ラック」

「ありがとうっす、ダンナ……でも、アイツはまだ生きているっす……ヤバかったっす」

「ああ、そうだな」

ラックの不吉な言葉に、オレも同意する。おそらく霊獣管理者《レイジュウ・マスター》の少年は、まだ生きている。オレたちにとって未知の不気味な力を、あの少年は隠し持っている。オレと実際に触れたラックは、それを肌で感じていた。

「だが今は胸を張っていくぞ、ラック」

ラックを慰めつつ、オレは身体の向きを変える。眼下に集まってきた皆に、竜上から視線を向ける。

集まってきたのはロキ率いる帝国の騎士たちと、荷馬車隊の皆。彼らの誰もが、オレの次なる言葉を待っていた。この激戦の最後の宣言を待っていた。

「巨竜《ナーガ》アグニを討ち取り、帝都は守られた！」

「うおぉおお!!」

眼下の者たちに向かって、オレは勝どきの声をあげる。直後に大歓声があがり、平原にいた誰もが勝利の瞬間に酔いしれる。

「帝国、バンザイ！」

「オレたちは勝ったんだ！」

巨竜《ナーガ》から帝都を守りきった帝国の騎士たちは、その歓喜にひたる。

愛する家族や仲間を守り、祖国の誇りを貫き通したことに涙を流していた。そして勇敢に亡くなった同胞を、雄叫びをあげて鎮魂する。

（やれやれ……長い戦いだったな）

第二十章　帰郷

巨竜《ナーガ》アグニを討ち取った激戦から、数日後ウルド荷馬車隊が帝都を離れる朝がやってきた。

「ヤマトさま、荷の積み込みは完了しました」

「こっちも完了だぜ、兄ちゃん！」

出発の準備を終えたリーシャたちから報告がある。帝都の市場《バザール》で仕入れた品物の積み込みも完了して、いよいよ出発の時間となった。

「かなり満載になったな、リーシャさん」

「はい、ヤマトさま。帝都はめったに来られないので」

村からはウルド産の革製品や織物などの工芸品を持ってきていた。帰りは空になった荷馬車に、帝都で仕入れた香辛料や医薬品、金属などを満載する。街で稼いだ金銭は仕入れで使い切り、村での生活に役立てる。

「皆、また帝都に遊びにきなよ」

「ウルドまでの道中も気をつけるんだよ、皆」

市場《バザール》の他の売り子たちが集まり、子どもたちとの別れを惜しんでいる。ウルドの民は朝から晩まで、一生懸命に売り子に励んでいた。その健気《けなげ》な姿に帝都の市民もオルンの民同様、親しみをもってくれていた。

（帝都か……いい都だったな……）

帝都の人々からの温かい心意気を感じる。どんな形態の国家でも、市井の民の姿というのはどこも変わらないのかもしれない。

「じゃあ、オバちゃんたち、またね！」

「お土産、ありがとね！」

「また、来るね！」

そんな帝都市民の温かい心に触れて、子どもたちも別れを惜しむ。もしかしたら自分の家族の姿を重ねているのかもしれない。まだ幼い子の中には涙ぐむ者もいた。

「よし、城門へいくぞ」

市民との別れの挨拶が終わる。オレはタイミングをみて、出発の号令をかける。これから向かうのは一般用ではなく、特別な城門であった。

◇　　◇

ウルド荷馬車隊は帝国軍の専用の城門にたどり着く。ここは普通の市民は近寄ることもできない特別な城門である。事前に用意してもらった書類を見せ、通行の許可を得る。

「世話になったたな、ウラド」

「礼を言うのは、我らの方だ……ヤマトよ」

この城門の許可証を発行してくれたのは、帝国の老貴族ウラドである。この老貴族には帝都に到着した当初から、本当に世話になった。巨竜《ナーガ》討伐後の事後処理など、有力貴族であるウラドの助言は絶大であった。

「ウラドおじさま、このたびは本当にありがとうございました」

「イシスは愛娘同然。またいつでも帝都に遊びにこい」

ウラドはイシスとも別れを惜しむ。彼女の実父と旧知の中であるウラドは、イシスのことを昔から可愛がっていた。いつもは厳しいウラドの強面《こわもて》だが、今は目尻にしわが寄っていた。

そんな老貴族の先導で、荷馬車隊は城門をくぐり抜けていく。


「イシス殿とリーンハルト卿。そしてウルド村の皆よ。このたびは本当に世話になったな」

城門を出た人気のない場所で、ロキが待っていた。一介の荷馬車隊を皇子であるロキが見送ることは異例である。そこで今回は人気のないこの場所で、見送ることになった。

「ロキ殿下、友好条約の締結の件、本当にありがとうございました」

「イシス殿とリーンハルト卿には、帝都を救ってもらった恩がある」

ロキとイシスは別れを惜しみながら、今後の両国間の友好について語り合う。

巨竜《ナーガ》アグニを討伐した功績もあり、貿易都市オルンとヒザン帝国は友好条約を結んだ。しかも対等な立場での友好条約である。これは両国間の国力差を考えたら、破格の好条件であった。

帝都を救ってもらったことを、それほどまでにロキは感謝していた。今回の帝国での騒動で、オレたちの頑張りが実ったのである。

「そして、ウルドのヤマト……貴殿にも本当に世話になった」

ロキは最後に、オレのところに挨拶にきた。これはヒザン式の別れの順列でいえば、最上級の敬意の証である。一介の平民としては、まさに破格の扱いであった。

「気にするな。たいしたことはしていない」

感謝を述べてきたロキに対して、オレは素直に答える。バレス探索隊の救助は、自分が好きで行ったこと。巨竜《ナーガ》討伐は〝身に降りかかった火の粉を払っただけ〟だと伝える。

「そうか。本当に恩賞や爵位もいらないのか、ヤマトよ？」

「ああ、ロキ。オレはただの村人で交易商人だ。それ以上でも、以下でもない」

帝都を救った功績でオレには、ヒザン帝国の爵位と恩賞が与えられる話もあった。

だがオレは全てを辞退した。そんな財源があるのなら、奮戦をした真紅《クリムゾン》騎士団の連中に恩賞を与えてやれと。

そして誇り高く戦死した騎士たちの家族へ、補償金を増やして欲しかった。

「本当に欲のない男だな、ヤマトよ」

「土産なら荷馬車にいただいた。それで十分だ」

苦笑いをするロキに答える。土産は帝都で追加入手した荷馬車に、既に積み込んでいた。それはオレたちが討伐した霊獣から得た素材である。

(霊獣の素材か。かなりの量になったな……)

積んであるものは黒狼級《フレキクラス》の核《コア》と外皮。魔人級《バアルクラス》の羊角や大鎌。そして多量の巨竜級《ナーガクラス》の素材であった。

竜牙《ドラゴン・トゥース》・竜鱗《ドラゴン・スケイル》・竜爪《ドラゴン・クロウ》・竜のヒゲ、そして巨大なメイン核《コア》などを荷馬車に満載してある。

「他の霊獣の素材は、ロキの方で上手く活用してくれ」

ヒザン帝国とオルンの取り分も、残していた。この大陸の習わしで霊獣の素材は、最後に止めを刺した者に全て与えられる。

だが権利者であるオレは、素材の均等な分配を提案した。勇敢な帝国の騎士たちに、心からの敬意を表したかったのである。帝都には腕の立つ山穴族も多いので、霊獣の素材を活用できるであろう。

「それなら有難く、部下たちの恩賞に回させてもらおう」

「ああ、そうだな。ところでシルドリアとバレスは元気にしているか?」

最後の別れ際にロキに尋ねる。二人の姿を、今日はまだ見ていない。あの目立ちたがり屋な二人にしては珍しいことである。

「そういえば今日は見ていないな。怪我は動けるくらいにまで治っていたはずだが……」

姿を見せないのには、何か訳があるのかもしれない。あまり気にしないでおく。

そんな話をしている内に、いよいよ帝都を離れる時間となる。

「世話になったな、ロキ」

「ウルドのヤマト、貴殿は……いや、何でもない。当国こそ本当に世話になった。何か困ったことがあれば、いつでも文をよこせ」

ロキは何かを言いたそうにしていた。だが言葉をのみ込み、社交的な挨拶をしてくる。第三皇子とはヒザン帝国の皇族の一人だ。ロキは迂闊な言葉は発せられないであろう。

「ああ。そうさせてもらう、ロキ」

こうしてウルド荷馬車隊は帝都の城門を離れ、帰路へとつくのであった。

◇　◇

帝都を離れ、街道を西にしばらく進む。

「ヤマトの兄さま、前方に軍がいます……」

先行偵察をして戻ってきた、ハン族のクランから報告がある。街道を少し進んだ先に、完全武装の騎士団が待ち構えているという。

「この気配は……大丈夫だ。このまま前進していい」

そして待ち構える騎士団の近くまで、荷馬車隊はたどり着く。

「遅かったな……ウルドのヤマト」

「やはりお前たちか、バレス」

待ち構えていたのは帝国の騎士。大剣使いバレスと真紅騎士団《クリムゾン》の精鋭たちであった。その騎士たちの顔にも見覚えがある。先日の巨竜《ナーガ》アグニ討伐の時に、一緒に戦った者ばかりである。

「その様子だと演習中か、バレス殿」

「ああ。そうだ、優男」

荷馬車隊に同行しているリーンハルトが、バレスに話しかけにいく。不思議と馬が合っていた二人。もしかしたら霊獣との激戦を経て、騎士同士の特別な友情が芽生えたのかもしれない。

「それにしても、バレス殿。あの大怪我の後でよくやるな」

「はん！　帝国男子は頑丈だからな」

先日の霊獣との激戦で、バレスは全身に大怪我を負っていた。今も包帯を巻いてはいるが、騎乗の姿に乱れはない。

タフさだけでいえば、身体能力が強化されたオレ以上かもしれない。まさに不死身の大剣使いである。

「ところでウルドのヤマトよ……」

騎士同士の話が終わったバレスは、こちらに視線を向けてきた。相変わらず野生の獣のような鋭い目つきである。

「オレさまはテメェのことが気に食わねえ……」

その言葉と共に、バレスから殺気が放たれる。

「バレス卿……まさか……」

帝国騎士団に緊張がはしる。バレスは帝国が誇る勇敢な騎士。だが何よりも戦いを好み、危険な蛮勇を持ち合わせている。そのこと騎士たちは知っていた。

「テメェは策士すぎる。いつかはロキと帝国の邪魔になる……」

もしかしたらヤマトに斬りかかるのではないか。誰もが固唾《かたず》をのんで見守っている。

「本当に気に食わねえ……だが、今回だけは見逃してやる」

舌打ちをしながらバレスは殺気を解く。どうやら今はやり合うつもりはないらしい。

「ああ。次を楽しみにしている」

オレは勇猛なる大剣使いに答える。いつでもウルドの村で待っていると。気が向いたらいつでも遊びに来いと伝える。

「では。帰路の先は長いので、この辺で失礼する」

バレスとのやり取りも終わり、荷馬車隊はゆっくりと動き出す。今度こそ本当に、故郷に向けて出発するのである。

「真紅騎士団《クリムゾン》、全抜刀《ぜんばつとう》！」

一人の騎士頭の掛け声が響き渡る。そして全ての帝国騎士が一斉に、剣を天にかかげる。

「オルンの騎士リーンハルト卿の武勇に。太守代理イシスさまの知性に。ウルドの村長代理リーシャ殿の優弓に。ウルド村の少年少女たちの勇気に。自由人ラック殿の隠密術に……そして北の賢者ヤマト殿に……礼剣《れいけん》！」

「『礼剣《れいけん》！』」

数多《あまた》の騎士の号令が街道に響き渡る。

礼剣《れいけん》はヒザン帝国の騎士が贈る、最高位の感謝の証である。だが他国の者に礼剣《れいけん》を捧げることは、固く禁止されているはずだった。

そこで軍事演習という大義名分で、彼らは出陣していたのだろう。危険を冒しながらも帝都を守ってくれた、勇敢な他国の者に感謝を捧げるために。処罰も覚悟の上で待機していたのである。

「バレス殿……貴殿もこのために……」

「さあな、優男。コイツらが、どうしてもって言うからな。オレさまは後でロキに叱られる役だ」

涙ぐむリーンハルトの問いかけに、バレスは苦笑いで答える。

「へへへ……ボクたちの勇気だってさ！」

「騎士のオジさんたち、ありがとね！」

「顔の怖い大剣のおじちゃんも、またね！」

礼剣《れいけん》によって作られたトンネルを、荷馬車隊は進んでいく。荷台の子どもたちは満面の笑みで挨拶をする。そして騎士たちも子どもたちとの別れを惜しむ。

彼ら帝国騎士と共に過ごした時間はわずかである。だが巨竜《ナーガ》討伐という過酷な試練を、共に成し遂げた同志となっていた。

「ヒザン帝国の騎士……熱い漢《おとこ》たちだったな、ヤマト」

「ああ……そうだな」

感極まって涙しているリーンハルトに、オレは冷静に答える。

ヒザン帝国と貿易都市オルン。今回は友好関係を結ぶことになったが、戦乱の続く大陸の情勢は流動的である。もしかしたら次に会うのは戦場かもしれない。

（だが、暑苦しい帝国騎士道とやらも、今は悪くないかもな……）

礼剣《れいけん》によって作られたトンネルを進みながら、オレは心の中でつぶやくのであった。

◇

◇

バレスたちと別れてから、また街道を進んでいく。

今度こそ本当の出発であった。ここから荷馬車に揺られること十数日で、貿易都市オルンに到着する。そこでイシスとリーンハルト、そしてラックを降ろす。

オルンから北に向かう街道に進路を変更。更に数日かけて、懐かしのウルド村へ帰還となる。だがその前に、一つだけ大きな問題があった。

「そろそろ出てこい」

その問題を解決するために、オレは荷馬車の上に声をかける。

「えっ、ヤマトさま……？」

「兄ちゃん、どうしたのさ？」

荷馬車隊の誰もが首を傾げている。誰も〝その存在〟に気がついていなかったのである。

「よっと。さすがはヤマトじゃ」

掛け声と共に上から降りてきたのは、一人の少女である。赤髪をなびかせた美しい女剣士であった。

「シ、シルドリア姫殿下!? なぜ、そんなところに……」

馬に乗っていたリーンハルトは絶句している。何しろシルドリアは普通の少女ではない。大陸でも最大級の大国、ヒザン帝国の皇女なのである。

「妾もウルド村へ行く。よろしく頼むのじゃ」

シルドリアは笑みを浮べながら、今回の成り行きを説明してくる。兄皇子であるロキ宛てに、ちゃんと手紙は置いてきたから大丈夫だと。続けて自分は身分の高い皇女であるが、世話は不要であると語る。

「凄いっす、シルドリアちゃん！ 隠れているのに、気がつかなかったっす！」

「ふふふ……そうであろう。妾も隠密術の鍛錬をしたからのう」

どうやら先ほどの帝国騎士団の中に、シルドリアは隠れていたらしい。そして注意が抜剣に向けられた瞬間、荷馬車の屋根に上り隠れていたのである。

「村に来るのは構わない。だが『働かざる者、食うべからず』だ」

「お、おい、ヤマト!?」

リーンハルトの叫びを無視して、オレはシルドリアに最終確認する。村では必ず仕事に従事してもらうと。その対価として食料や生活物資を分配するのだと説明する。

「ふむ。何でも妾に任せておくのじゃ！」

「なら勝手にしろ」

シルドリアの天真爛漫さは、この荷馬車隊の誰もが知っていた。堅物であるリーンハルトですら既に諦めている。

（やれやれ……また、忙しくなりそうだな……）

まさかのヒザン皇女の居候が確定である。それ以外にも村に戻り次第、秋の収穫と冬を迎える準備もあった。またオルンにあるウルド商店の状況も確認して、物資の確保もしなくてはいけない。

そして大陸の西にあるロマヌス神聖王国への対応も、今後必要になってくるだろう。

（考えることだらけだな。本当に……）

やることが山積みで、オレは頭が痛くなる。

「わーい！　シルドリアちゃんも、村にくるんだね！」

「楽しくなるね！」

「ねえ。シルドリアちゃん、この果物を食べる？　帝都の市場《バザール》のお土産だよ！」

「うむ、苦しゅうない」

「あっ、それは、オレっちのお土産っすよ！」

彼女に懐いていた村の子どもたちは大喜びであった。皇女という高い身分であることなど、子どもたちには関係ないのであろう。天真爛漫と無邪気のハーモニーで、今後の村は本当に騒がしくなりそうである。

（笑顔あふれる村か……悪くはないな……）

誰にも気がつかれないように、オレは微笑《ほほえ》むのであった。未来ある者たちの笑顔を見つめながら。

◇　◇

「ヤマトの兄さま、村が見えてきました！」

「見てください、ヤマトさま。イナホンの穂が、今年もあんなに青々として！」

オルンの経由で街道をひたすら進み、オレたちは帰郷する。峠を越えた先に、懐かしの集落が見えてきた。

「ああ、懐かしいな……」

オレが村に来てから、もうすぐ三年目となる。こうして新しい季節が、また始まろうとしていた。

閑話3　男の戦い

これはウルド荷馬車隊が帝都から、村へ戻る道中の話である。

一行はイシスたちを降ろすために交易都市オルンへ立ち寄っていた。

「このたびは本当にお世話になりました、ヤマトさま」

「ああ、イシスもご苦労だったな」

オルン太守代理であるイシスとは、ここで別れる。オルンにはウルド商店があるので、近いうちにまた会えるであろう。別れの挨拶もほどほどにしておく。

「では、ヤマトのダンナ。オレっちも商店の方に顔を出してきます」

「ああ。頼んだぞ、ラック」

ウルド商店の責任者であるラックとも、ここまでである。今後の店舗運営について、定期的に連絡をするように指示しておく。だがラックは商才にも優れているので大丈夫であろう。

「リーシャさんは子どもたちと、先に宿に行ってくれ」

「はい、ヤマトさま」

長旅の疲れを癒すために、今日はオルンで一泊する。村の皆には休養を指示しておく。小遣いも渡しておいたので、ゆっくり買い物や観光をするのもいいであろう。

「ヤマトさまは、どちらに？」

「オレは〝所用〟がある。夕飯は先に食べておいてくれ、リーシャさん」

後のことをリーシャに任せて、オレは荷馬車隊から離れる。もう子どもたちは一人前なので、少しくらい自分がいなくても大丈夫であろう。

（さて……そろそろ約束の時間か）

オルンの教会の鐘の音が、定刻を知らせてくれる。オレは所用を済ませるために、オルンの街外れに向かうのであった。

◇

◇

街外れにある人気のない広場にやってきた。

「待たせたな、リーンハルト」

「いや。時間通りだ、ヤマト」

待ち合わせの約束をしていたのは、オルンの騎士リーンハルトである。オルンに到着する前に、この騎士から密かに声をかけられていた。落ち着いた夕方の時間に、この指定の場所に来て欲しいと。

「さて、何の用だ」

オレは単刀直入に尋ねる。なぜなら呼び出したリーンハルトが、神妙な顔つきだったからである。

もともと真面目な騎士であるが、ここまで真剣な表情は初めてであった。

「ヤマト……私と真剣勝負をして欲しい」

「オレとか……なぜだ？」

真剣勝負を求めてきたリーンハルトに、その理由を尋ねる。騎士道を重んじるこの男は、無用な戦いを好まない。

「理由は上手く言えない……だが〝男〟として、私と勝負してくれ」

リーンハルトの両眼は真剣そのものである。冗談ではなく、本気でオレとの勝負を望んでいた。

「〝男〟としてか……それなら、受けて立とう」

自分は剣の腕を競い合う騎士ではない。だが男の本気の決意を流すほど、野暮ではないつもりである。

「感謝する、ヤマト。手加減は無用でたのむ」

「ああ、もちろんだ。オルン近衛騎士リーンハルトが相手だからな……」

その言葉と共に真剣勝負は始まっていた。

オレは全身神経を集中して、両手にナイフを構える。目の前で剣を構えるリーンハルトの、動きを見逃さないように意識を高める。

（さすがは……隙がないな……）

こうして真剣で初めて対峙して、改めてリーンハルトの力量を肌で感じる。オレのあらゆる攻撃に対して、相手は万全の迎撃の準備ができていた。さすが中原でも最強の騎士称号《十剣《テン・ソード》》のうちの一人である。

（それに昨年に出会った時から、格段に腕を上げている……）

当初のリーンハルトのイメージは、腕は立っても融通が利かない騎士であった。

だが巨竜《ナーガ》討伐から生還したこの騎士は、別人のように覚醒している。岩鉄のような強い意志と共に、強者としての覇気《オーラ》がみなぎっていた。

（まさに〝竜に翼を得たるごとし〟の急激な成長だな……）

これほどの凄腕の騎士を、この世界では他に多くは知らない。間違いなく最強の剣士の一人であった。

（持てる全ての力を出し切る……）

オレは集中していた意識を更に高める。あの霊獣との死闘と同様に、目の前の騎士に集中する。

「いくぞ……」

「ああ……」

互いの気は最高潮に達した。どちらともなく動き出す。騎士剣とナイフが、相手の命を刈るために死線を描く。

◇　　◇

勝負は一瞬であった。ナイフの刃先がリーンハルトの喉元を捉える。

「さすが、圧倒的だな、ヤマト……」

「いや、僅差だった」

躱《かわ》したはずの剣先によって、オレの首元から血が流れ落ちている。この世界で初めて受けた、見えない真剣による傷であった。あの霊獣や大剣使いバレスですら、この自分には直撃は当ててはいない。

「これで気分は晴れたか？」

「ああ……清々《すがすが》しいほどの敗北感だ……」

素直に負けを認めたリーンハルトは、笑みを浮べていた。肩に背負っていた重荷がなくなり、自然体の男がそこにいる。

「イシスさまのために……いや、私自身のために、次は負けないからな……ヤマト」

「ああ、いつでも待っている」

なぜ今回リーンハルトが挑んできたのか理由は知らない。だがオレは感じていた。何かの殻を必死で破ろうとする男の決意を。誰かのためではなく、自分自身のために前に進む決意を。

「リーンハルト。お前は酒を飲むのか？」

「ああ、嫌いではないが……それがどうした、ヤマト」

「喉が渇いた。一杯だけ付き合え」

そしてオレ自身にも変化があった。自分でもあまり気がつかない、些細なことである。先ほどのリーンハルトと同じように、言葉では上手く言えない。

「珍しいな。お前から誘ってくるとは……」

「もちろん負けた方の奢《おご》りだ」

「何だと!? まあ、一杯くらいならな」

「さあ、いくぞ、リーンハルト」

男同士の決闘は幕を閉じた。そしてオレたちは繁華街へと繰り出すのであった。


「いやー、リーンハルトのダンナが酒をご馳走してくれるって噂を聞いて来たっす！」

「ふん。もちろん山穴族好みの酒もあるんだろう?」

「妾に抜け駆けで宴はいかんのじゃ！」

「偶然ですね、リーンハルトさま。私たちも同席よろしいですか?」

「リーンハルトの兄ちゃん、ごちです！」

こうしてオルンの夜は賑やかに更けていく。騎士リーンハルトの金と共に。

閑話4　温泉

ウルド荷馬車隊が帝都から、村へ帰還した年の秋。

村では穀物イナホンの収穫も終わり、冬に向けての準備を行っていた。

「おう、ヤマトの大将。〝火神の湯〟の準備はできたぞ」

「ああ、分かった」

そんな晩秋の中、村では新しい施設〝温泉〟が完成していた。〝火神の湯〟とは山穴族の温泉を指す言葉である。ガトンの同胞であるこの老山師は、春からずっと温泉の掘削をしていた。

「ヤマトさま、ついに〝おんせん〟が完成したのですね」

「〝おんせん〟じゃと？　初めて聞く言葉じゃのう」

完成したばかりの施設を、リーシャとシルドリアは興味津々に見つめている。この世界の大きな街には、サウナとよく似た公衆浴場はあった。だが、かけ流しの源泉の湯に入るという習慣はない。

「それにしても、ここは本当に不思議な場所だな、ヤマト……」

「たしかにそうですね。特にこの煙と臭いが……」

「そうか。リーンハルトとイシスはこの硫黄臭には慣れていないからな」

鼻をつまんでいる二人の客人に、硫黄について説明をする。彼らオルン組は昨日から村に来ていた。表向きはオルン太守代理であるイシスの表敬訪問。だが実際には帝都での功績を労《ねぎら》う休養であった。

「ちょっと、ヤマトのダンナ。オレっちのことも忘れないでくださいよー」

そういえば客人はもう一人いた。イシスの馬車に同行して、ラックも村にきている。

「それでは完成を祝って、今日は皆で温泉に入るぞ」

農繁期であるイナホン収穫で、村の皆も疲れていた。休養日の今日は温泉で疲れを癒すことにする。

◇

◇

利用方法を説明してから、男女に分かれてさっそく温泉に入る。

「いやー、これがオンセンっすかー。気持ちいいもんすね、ヤマトのダンナ！」

「たしかに……身体の疲れや傷が癒されていく気分だな……」

男湯ではラックとリーンハルトが、初めての温泉を満喫していた。露天風呂に肩まで浸かり、巨竜《ナーガ》討伐での疲れを癒している。

「硫黄系の温泉の中には、疲労回復や病に効くものもある」

「ただの湯なのに、そんな効果があるのか……」

「さすがはヤマトのダンナ。何でも知ってるっすね！」

一緒に湯に入りながら、オレは温泉について詳しく説明をする。温泉の効能やマナーなどを、露天風呂からの絶景を眺めながら語る。日本にいた時のオレはアウトドアが趣味であり、同時に温泉も愛好していた。名峰ある所には必ず名湯があり、登山の後に各地の温泉を満喫していた。

「温泉の熱を野菜の栽培や、融雪にも利用できる」

「たいしたものだな、ヤマト。オンセンというものは……」

硫黄臭に嫌な顔をしていたリーンハルトも、今ではすっかり温泉の虜《とりこ》になっていた。常に生傷が絶えない騎士は、温泉の効能の素晴らしさに感動している。

「ところで、ダンナ。何か女性の方が騒がしくないっすか？」

「たしかにそうだな」

ラックに言われて、隣の女湯の方向に視線を向ける。女湯は仮設の壁を隔てて、反対側にある。ウルドでは男女が一緒に水浴びをする習慣がある。だがこの温泉は配慮して別々にしていた。

（温泉の入り方は説明したから、大丈夫だと思うが……）

急に騒がしくなってきた女湯を心配しながら、とりあえず温泉を満喫することにした。

――――《女湯》――――

一方、女湯では三人の少女が話に花を咲かせていた。

「リーシャよ、オヌシはスタイルがいいのう。何か特別な手入れでもしているのか？」

「特に手入れはしていません。でも幼い頃から狩りの手伝いはしていました、シルドリアさま」

リーシャとシルドリアは湯船に浸かりながら、美について話をしている。この二人は身分の違いはあれども、気さくに話し合う。

「シルドリアさまの肌も、きめ細やかで素敵です」

「ヒザン皇族に伝わる香油で、念入りに手入れしておるのじゃ」

帝国の皇女であるシルドリアは、万年雪のような美肌が魅力的な少女である。帝都で定期的に開かれる晩餐会でも、彼女は人気が高かった。

「ところで、イシスよ。前から思っていたのじゃが、その胸は本物なのか？」

一緒に湯に浸かるイシスに、シルドリアは直球で問いかける。三人の視線は自然と、湯船に浮かぶイシスの胸に注がれる。

「はい。気がついたら、こうでした」

オルン太守の娘であるイシスは、女性らしい身体つきをしていた。そして温泉に入ることで、その全貌が公開されている。

「イシスさまは……女性らしいので羨ましいです……」

「あら、リーシャさんも素敵ですよ」

リーシャは柔らかく女性的な身体つきに憧れていた。野山を駆ける狩人は、どうしても固い身体になってしまう。年頃の少女は色んなことが、コンプレックスになるのである。

「やっぱり男の方は……ヤマトさまは……胸が大きな女性を好きなのでしょうか……」

自分の胸に手を当てリーシャはつぶやく。彼女も小さい方ではないが、女性らしい膨らみを持つイシスを前に自信を失っていた。

「リーシャよ。女の魅力は胸の大きさではないぞ。特にあの恋愛鈍感男に、胸で迫っても無意味じゃ！」

それよりもヒザンに伝わる秘術を試してみないかと、シルドリアは提案する。どんな殿方も虜にしてしまう技だという。

「たしかにヤマトさまは、あまり女性に興味はなさそうですね……」

「あら、リーシャさん。オルンには〝英雄色を好む〟という言葉があります。つまり稀代《きたい》の英雄であるヤマトさまも……」

初めての温泉に、イシスは少しのぼせてきたのであろう。普段はあまりしない色話をする。オルン太守の跡を継ぐ者として、彼女は知識的な英才教育も受けていた。

「おい、待て、乳女《ちちおんな》。ヤマトに対して、抜け駆けはダメなのじゃ！」

「あら、シルドリアさま……オルンには〝恋は早い者勝ち〟という言葉があります」

シルドリアも温泉にのぼせてきたのであろう。いつも以上に天真爛漫であった。

「二人とも落ち着いてください……」

その間にいるリーシャは、二人を仲裁しようと必死でなだめる。せっかく苦労して結んだ友好条約に、こんなことで傷が入ったら大変である。

「でも、リーシャ姉ちゃんも、ヤマト兄ちゃんに〝こくはく〟したんだよね」

「そうそう。展望の丘で〝こくはく〟したんだよね」

その時である。一緒に入っている幼い少女たちから、新たなる火種が投下された。村の老婆たちの井戸端話を、子どもたちは聞いていたのである。

「告白じゃと、リーシャよ!?　それは抜け駆けではないか！」

「落ち着いてください、シルドリアさま。それは一年も前の話でして……」

「あら、リーシャさんも意外と大胆なのね」

「イシスさまも、誤解です！」

三人の少女たちは湯船でドタバタと騒ぐ。そして、そのまま背中にある木の板に倒れ込んでいく。大きな露天風呂を、真ん中で男湯と女湯に仕切るための木の板。まだ仮設ということもあり、三人の少女の体重で簡単に倒れていく。


――――《男湯》――――


「うわっ、ダンナ！　木の壁が壊れるっす！」

「敵かもしれない。ラックとリーンハルトは子どもたちを連れて、建物の外に避難を」

「ああ、分かった、ヤマト！」

女湯が騒がしいと思ったら、中間にある板がメキメキと音を立てはじめる。男湯に入っていた子どもたちの避難を、大人である二人に託す。

子どもたちの日頃の鍛錬の賜物もあり、オレ以外の避難は一瞬で完了した。

（……女湯で何が起きた!?）

男湯に一人残るオレは、全神経を集中する。崩壊していく板の、向こう側からの脅威に身構える。

「おう、これは。噂をすればヤマトではないか！」

「ヤ、ヤマトさま……」

「あら、ヤマトさま。ごきげんよう」

板を壊して倒れ込んできたのは、三人の少女であった。

どうやら女湯で騒いだ拍子で、板に倒れ込んで壊してしまったのであろう。怪我はないが、なぜか三人とも顔を真っ赤にしている。

（やれやれ、温泉のマナーに『暴れて壁を壊すな』を追加しておかないとな……）

そしてガトン特製の仕切り壁を設置することも、オレは心の中で検討するのであった。

あとがき

著者ハーーナ殿下「このたびは拙作を手に取っていただき、誠にありがとうございます」
皇女シルドリア「登場人物を代表して、妾からも礼を言うのじゃ」
ハーーナ「今回はシルドリアちゃんがあとがき乱入なのか」
主人公ヤマト「もちろんオレもいる」
村長の孫娘リーシャ「私もヤマトさまと一緒に来ました」
ハーーナ「と、とにかく皆さまのおかげで、こうして第二巻を発売することができました。本当にありがとうございます」
シルドリア「真のヒロインの妾がでる二巻が出て、本当によかったのじゃ」
ハーーナ「たしかに二巻からは一気に登場人物も増えて、主人公が活躍する場が広がっていきます」
リーシャ「私も年頃の女性の仲間が増えて嬉しいです」
シルドリア「一巻でのウルド村は老人と子どもしかいなかったからな」
ハーーナ「まあ、あとがきから読む方もいるので、詳しい内容は読んでからのお楽しみです」
シルドリア「ところで作者よ。二巻は交易がメインじゃが、ヤマトたちは村づくりをちゃんとしてヤマト「オレが村にいなくても大丈夫な時期に交易を行う。そして交易で得た新しい種や素材で、村も発展していく」
リーシャ「そこまで考えているとは、さすがはヤマトさまです！」
シルドリア「たしかに。何も考えていない、どこかの作者とは違うのじゃ」
ハーーナ「（立場のない作者）と、とにかく二巻は色んな展開が盛りだくさんです」
遊び人ラック「そうそう、オレっちたちのことも忘れないでよね」
騎士リーンハルト「そうだ、あとがきの出番が少ないぞ」
太守代理イシス「あら、真のヒロインは私かと思いますが」
大剣使いバレス「こんな所にいたのか、ヤマトォ！」
皇子ロキ「私も皇子として作者とヤマトに尋ねたいことがある」
どたばた、どたばた……
ハーーナ「そんな訳で最後になりますが、このたびは当作品をお手にとっていただき本当にありがとうございます。今後とも『オレの恩返し』をよろしくお願いします」

ありがとう
ございます!
RYO.2017.2

大人気型破りのチートヒーロー小説！
5000歳超えの魔法士、
5000年タイムスリップ
新キャラも続々登場で
さらに混迷を極める人間＆使い魔模様は
予想もしない展開に？

小説家になろう
45万作品の
年間ランキング
第2位!
続々重版!

日本の女子高生・海里《みさと》が、異世界の子爵家長女（10歳）に転生!?
出来が良過ぎたために不自由だった海里は、
今度こそ平凡な人生を望むのだが……神様の手抜き（?・）で、
魔力も力も人の6800倍という超人になってしまう!
普通の女の子になりたい
マイル《海里》の大活躍が始まる!
私、能力は平均値でって言ったよね!
God bless me?
FUNA
Illustration 亜方逸樹
1～4巻、大好評発売中!

EARTH STAR NOVEL

オレの恩返し ～ハイスペック村づくり～ 2

発行 ―――― 2017年3月15日　初版第1刷発行

著者 ―――― ハーーナ殿下

イラストレーター ―――― 植田 亮

装丁デザイン ―――― 山上陽一＋内田裕乃（ARTEN）

発行者 ―――― 幕内和博

編集 ―――― 筒井さやか

発行所 ―――― 株式会社 アース・スター エンターテイメント
〒107-0052　東京都港区赤坂 2-14-5
Daiwa 赤坂ビル 5F
TEL：03-5561-7630
FAX：03-5561-7632
http://www.es-novel.jp/

発売所 ―――― 株式会社 泰文堂
〒108-0075　東京都港区港南 2-16-8
ストーリア品川 17F
TEL：03-6712-0333

印刷・製本 ―――― 中央精版印刷株式会社

ISBN 978-4-8030-1024-4